일상이
장르

인스타툰 작가들의 일·삶

일상이
장르

김그래   쑥   작가1   펀자이씨

자음과모음

차례

들어가며

안녕하세요. 그리고 쓰는 사람 김그래입니다. 이 책에는 책상 앞에 앉아 고민하던 시간과 그럼에도 이겨내보려고 노력한 흔적을 담았습니다. 작업자와 생활자 사이, 잘하고 싶은 마음과 잘 살고 싶은 마음 사이에서 균형 잡기 어려웠던 날들이 떠오릅니다. 만화 그리는 일은 긴 시간 동안 제게 표현의 도구이자 세상과 연결해주는 소통의 도구였습니다. 그리고 가장 좋아하는 일인 동시에 힘겨운 일이기도 했지요. 그래서 늘 궁금했습니다. 다른 이들은 어떻게 일과 생활 사이에서 삶을 꾸려나가는지요.

이 책의 집필을 제안받았을 때, 다른 작가님들의 이야기와 책을 읽어주실 분들의 이야기가 궁금해서 글을 쓰겠다고 마음먹었습니다. 가끔 사는 일에 지칠 때면 각자가 가진 어려움과 그럼에도 살아가는 이야기에 기대어 힘냈던 기억 때문입니다. 연고가 전혀 없어도 그들의 이야기를 듣고 나면 이름 모를 동료들과 함께 생을 살아내는 기분이 들곤 했습니다. 내 안에서 느슨한 동료애가 피어나 다시 책상 앞에 앉을 용기를 주었지요. 이 글을 읽고 계실 당신은 어떤 어려움과 기쁨을 겪어내고 계신가요? 당신께 편지를 부치는 마음으로 씁니다. 저는 여기에서 펜을 쥔 채로 이런 어려움을 겪고 있지만, 그 속에서 이런 기쁨도 배우고 있다고요. 부디 여기 적힌 글들이 느슨한 동료가 될 수 있기를 바랍니다.

김그래

고백하건대, 저는 이 앤솔러지를 집필할지 말지 고뇌했습니다. 일상툰만 그리지 않는지라 일상을 드러내는 것에 부담을 느꼈기 때문입니다. 대단한 사생활이 있어서라기보다는 너무 별것 없어서 그랬습니다. 그리 특별하지 않은 이야기를 어떻게 책에 담을 수 있을까, 하는 고민이

♡ 7

앞섰습니다.

　집필을 결심하게 된 것은 온전히 함께 책을 쓰기로 한 다른 작가님들 때문이었습니다. 동경하던 작가님들과 함께 책을 쓸 수 있는 영광이라니, 게다가 그 글을 읽는 첫 독자가 될 수 있다니. 죽이 되든 밥이 되든 집필하기로 했습니다. 호기롭게 시작했으나 참으로 막막했습니다. 어디서부터 얼마나, 어떻게 내 이야기를 담아야 할까, 머뭇거리며 첫 문장을 썼다 지우기를 반복했습니다. 별 소득 없이 문서 창을 켰다 끄기를 여러 날, '아, 이러다가는 평생 못 쓰겠다!' 하는 마음이 들어 거창하진 않지만 있는 그대로의 나를 보여주자, 하며 글을 써 내려가기 시작했습니다.

　작가로서의 저와 일상을 사는 제 모습을 가감 없이 담으려고 애썼습니다. 각별히 재밌거나 웅장하진 않아도 소소한 이야기를 읽고 공감해주는 독자님들이 있으면 바랄 게 없겠다는 마음입니다. 이 작은 이야기가 누군가에게는 공감, 즐거움, 용기의 모양으로 가닿기를 바라며.

쑥

막막하다? 떨린다? 기대된다? 이 글을 쓰기 시작하기 전, 그때 들었던 감정을 어떻게 표현할 수 있을까요. 처음 이 책의 필진으로 함께해달라는 제안을 받고 동네방네 주변에 자랑을 했습니다.

"나 대작가님들과 출간한다!! 같이 이름을 나란히 놓고, 책을 쓴다!"

벅차오르는 기분에 아침 일찍 일어나 어떤 글을 쓸지 고민하며 계획표도 썼습니다. 김그래, 쑥, 편자이씨 작가님, 이분들과 어울리는 글을 쓰고 싶었습니다. 성숙하고 정적이지만 마음을 울리는 힘이 있는 그런 글 말입니다.

그러나 저는 머지않아 계획을 수정해야 했습니다. 세 작가님과 잘 어울리는 글을 쓰는 것도 중요하지만, 그렇게 쓰려면 저만이 쓸 수 있는 이야기를, 저만의 고유성을 잃어버릴 것 같았습니다.

저는 다소 직관적이고, 서정적인 감성과는 거리가 먼 사람입니다. 당장 제 인스타툰만 봐도 정적이고, 부드럽다는 느낌은 받기 힘들 것입니다. 그래서 그냥 솔직해지기로 했습니다. 솔직하게 나를 드러내고, 기록을 남기기로 했습니다. 이 책을 펼칠 여러분이 이 글을 보며 재밌기를, 마음 한편에 간직하고 싶은 문장을 만나기를 진심으로 바랍니다.

작가1

안녕하세요, '펀자이씨'라는 필명으로 활동하고 있는 일러스트레이터 엄유진입니다. 지난 겨울, 개성이 또렷한 인스타툰 작가님들과 함께 글을 써보는 것이 어떻겠냐는 출판사 측의 이메일 제안서를 받았어요. 늘 혼자 작업을 해왔기에 다른 작가님들은 어떤 어려움과 즐거움을 가지고 연재를 하시는지 궁금해졌습니다.

그리고 '열 장의 프레임'이라는 가제를 듣자 지난 육 년간 이 작은 열 개의 네모가 저를 얼마나 웃게 하고 괴롭히고 성장시켰는지, 또 많은 사람과 연결시켜 주고 제 삶에 변화를 일으켰는지가 떠올랐어요. 할 수 있는 이야기들이 있을 것 같았습니다.

김그래, 쑥, 작가1 작가님과 처음 대면한 자리에서 "같은 주제여도 만화로 그리고 나면 개운한데, 글로 표현하고 나면 오그라든다"는 말을 꺼냈어요. 격하게 동의해주시던 모습을 보니 같은 종족을 만난 듯한 편안함이 느껴지더군요. 일상툰에 관해서라면 들려줄 경험담이 있다며 반짝이던 작가님들의 눈빛이 아직도 눈에 선합니다.

　　이 책은 그림 뒤로 살짝 숨어 이야기하는 사람들이 모여 만든 책입니다. 휴대폰의 작은 화면에는 담기 어려웠던 작업 환경 안팎에 관한 이야기를 책에 담았습니다. 용기 내어 이야기를 꺼냈으니 즐겁게 읽어주세요.

편자이씨

쑥

무명의 천을
사이에 두고

나무로 만들어진 거의 모든 것을 좋아
한다. 목재의 보드라움이 좋아서 목조
형가구학을 전공하며 사 년 내내 나무
를 깎고 갈고 기름칠했다. 종이와 연필
이 좋아서 글과 그림을 사랑하게 되었
다. 글과 그림은 나무의 생명력을 빌려
탄생한다고 믿는다. 그 글과 그림이 사
람에게도 생명력을 불어넣길 바라며 에
세이툰을 창작하고 있다. 지은 책으로
『무명의 감정들』『흐릿한 나를 견디는
법』이 있다.

제법 미지근한 시작 ─────

퇴사를 했다.

시간이 많았다.

그렸다.

　　이 세 문장이 이 이야기의 전부다. 퇴사 후 시간이 몹시 많아졌다. '남들이 일하는 시간에 논다'는 쾌감은 묘한 죄책감을 동반했다. 허리가 아플 때까지 침대에 누워 있다가 적극적으로 시간을 낭비하는 스스로가 한심해지면 집 근처 카페로 향했다. 그렇다고 가서 생산적인 일을 하는 건 아니었다. 노트북을 뚫어져라 응시하며 일하는 사람들 사이에 껴서 아이패드를 꺼내 깔짝댔다. 같은 영상

쑥: 무명의 천을 사이에 두고

을 보더라도 내 침대 위가 아닌 카페에서 보면 덜 한심하게 느껴졌다.

그렇지만 의미 없는 영상 시청은 금세 지겨워지고 만다. 그러면 그림을 그렸다. 단순 영상 시청보다는 생산적인 느낌이었다. 그러나 한참 그리다 보면 의외로 거대한 불쾌가 몰려온다. 내 그림은 영 별로고, 카페에는 각자 최선을 다해 돈을 벌고 있는 사람이 많으므로. 바삐 커피를 내리는 스태프, 열성적으로 업무 관련 통화를 하는 프리랜서, 거북목으로 영상을 편집하고 있는 편집자……. 그 사이에서 은은한 죄책감에 사로잡히면 슬며시 구직 플랫폼을 켰다.

'작가가 되어야지!'라는 큰 뜻을 품고 퇴사한 것은 아니었다. 회사에서 성장하지 않는다는 느낌을 참을 수 없어서 그만뒀다. 재밌거나 장래가 유망하거나 돈을 많이 주는 일을 찾고 싶었다. 그러나 막상 회사를 때려치우고 나니 참 막막했다. 도대체 나는 뭘 재미있어하는가. 유망하거나 돈을 많이 주는 직업을 찾는다 한들 내가 그걸 할 수 있는 조건을 충족할 여력이 되는가. 이런저런 고민이 시작되었다.

혼란스러울 때면 메모장을 켰다. 쏟아져 내리는 마음을 우수수 적었다. 지금 내가 얼마나 불안한지, 쓸모없는 인간처럼 느껴지는 게 얼마나 비참한지, 지금껏 잘못된 길을 선택해온 건 아닌지. 또 내가 뒤떨어지는 인간이면 어쩌지, 도대체 뭐 해먹고 살지. 한숨 같은 문장들을 적었다. 어느 순간 메모장에는 후회와 불안, 다잡음과 달관이 순환하는 수백 개의 글이 쌓여 있었다.

하루는 썼던 글들을 차근차근 다시 읽어 보았다. 그러다 어느 지친 출근길에 썼던 '그림 에세이를 그려보고 싶다'는 메모가 눈에 들어왔다.

그 순간, 지금껏 쓰고 그렸던 글과 그림을 한데 모아 그림 에세이집을 만들고 싶다는 의지가 생겼다. 사실 그건 내가 아주 예전부터 가지고 있던 소망이었다. 오랫동안 나는 노트, 휴대폰 메모장, 아이패드 그림 앱, 블로그 등에 중구난방으로 글을 쓰고 그림을 그려 왔다. 이들을 한번 정리해보고 싶었다.

우연인지 필연인지, 그쯤 동네에서 열리는 독립 출판 수업을 발견했다. 각자의 작업물을 엮어 한 권의 책으로 만드는 수업이었다. 그간 창작한 글과 그림을 한 권에 담

쑥: 무명의 천을 사이에 두고

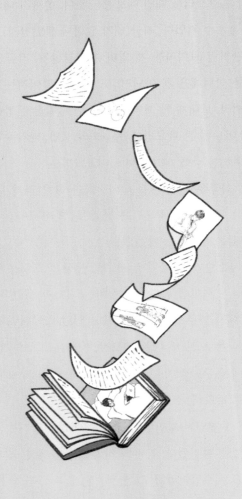

아보기로 했다. '마음에 물성이 생기면 내가 원하는 것을 뚜렷하게 볼 수 있지 않을까?' 기대하며 수강 신청을 했다. 묵은 글을 들춰 퇴고하고 엮었다. 글과 어울리는 그림을 새로 그리거나 기존 그림을 수정하여 넣었다.

그렇게 글 한 꼭지에 그림 하나가 들어간 백 쪽짜리 투박한 책 한 권이 탄생했다. 묘한 기분이었다. 목적이 판매도 성공도 아닌, 오롯이 나를 위한 일이었다. 그런 일을 한 게 참 오랜만이었다. 그때 느꼈다.

'나를 위한 행위를 한다는 건 좋은 거구나.'

그 일을 통해 내가 원하는 것을 뚜렷하게 보게 되었는지는 잘 모르겠지만, 오랜만에 창작의 즐거움을 다시 한번 느꼈다.

계속 그림 에세이를 만들고 싶었다. 좀 더 재밌는 방식으로 말이다. 처음 엮은 책은 글 한 개에 그림 하나가 있는, 말 그대로 그림일기처럼 보였다. 그것보다는 더 다채롭게 만들어보고 싶었다. 그래서 채택한 것이 '만화 에세이' 형식이었다.

옛날부터 만화를 좋아했다. 다른 책에 비해 만화는 쉽고 재밌다. 심지어 유익하기까지 하다. 사람은 결국 좋

쑥: 무명의 천을 사이에 두고

아하는 걸 하기 마련이므로, 기어코 나는 만화를 그리기 시작했다. 그리고 나니 누군가에게 보여주고 싶었다. '어떻게 보여주지? 인스타그램이 편해 보이던데 거기에 올려볼까? 그럼 내 그림 계정에 올려보자'라는 생각의 흐름으로 인스타그램에 '쑥 에세이툰'을 연재하기 시작했다.

회사 생활을 할 때 억눌렸던 창작욕이 터져서 매일 쓰고 그렸다. 말 그대로 하루도 빠지지 않고 그렸다. 해가 떠 있을 때 작업을 시작해서 작업이 끝나면 해가 져 있었다. 창작이 좋다 아니다를 따질 겨를도 없이 몰두했다. 그렇게 몰입하는 순간이 좋았다. 좋아서 했다. 계속했다.

매일매일 작품을 올리니 나날이 독자가 늘었다. 많은 공감과 감사를 받았다. 난생처음 받아보는 형태의 애정이 신기했다. 단지 내 마음을 그려냈을 뿐인데 이런 사랑을 받을 수 있구나. 아, 나는 이 작업을 평생 하겠구나. 할 수밖에 없겠구나, 라고 생각했다.

그렇게 지금까지 쓰고 그리고 있다. 미지근한 시작이었으나 지금은 제법 뜨끈한 마음으로.

만화에는 보통 주인공이 있다. 내 만화는 아니었다. 처음에는 사람, 동물, 사물, 풍경 등 각 컷에 적어둔 문장에 어울리는 그림을 그렸다. 나만의 캐릭터가 있으면 좋겠다고 생각했으나 생각으로만 그쳤다.

그러던 어느 날, '새로운 나' 편을 그리기 위해 레퍼런스를 찾고 있었다. 이 에피소드는 내 성격이 주변 환경과 인물에 따라 휙휙 변한다고 이야기하는 회차였다. 그래서 내 안에 여러 가지 모습이 있다는 걸 효과적으로 표현하고 싶었다.

'가면을 씌울까? 아냐. 가면은 조금 뻔한 것 같아. 다양한 표정을 그릴까? 아냐. 의도가 잘 전달되지 않을 것 같아. 음…… 어쩌지.'

그러다 흰색 천을 뒤집어쓰고 그 위에 선글라스를 낀 사람의 사진 여러 장을 발견했다. 그가 다양한 자세를 취할 때마다 천의 모양이 변화무쌍하게 바뀌었다. 팔다리를 쫙 벌리면 별 모양으로, 바닥에 앉아 다리를 앞으로 펼치면 삼각형 모양으로, 웅크려 누우면 원 모양으로 변했다.

쑥: 무명의 천을 사이에 두고

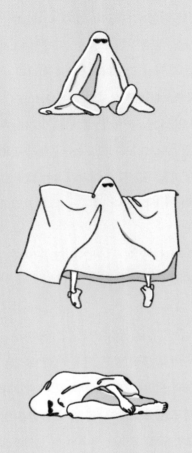

이거라면 내 모습이 여러 모양이라는 것을 표현할 수 있겠다는 생각이 들었다. 천에 가려져 표정이 보이지 않는 점 또한 매력적이었다. 시크하고 속을 모르겠으면서도 어딘가 맹하고 은근히 귀여워 보였다. 무엇보다 이목구비도 없고, 옷을 갈아입을 필요도 없으니 그리기 편했다. 그 점이 특히 마음에 들었다. 그렇게 내 에세이툰의 주인공, '무명'이 탄생했다.

무명은 나를 숨겨주는 동시에 드러내주는 고마운 존재다. 내 작품은 다른 대다수의 인스타툰과는 달리 일상이 직접적으로 드러나지 않는다. 명확한 일상을 다루지 않는 데 거창한 이유는 없다. 그저 일상 에피소드를 재밌게 다룰 자신이 없다는 게 가장 큰 이유였다. 원래 에세이툰을 그리려 한 목적이 내 안의 단상을 쏟아내며 정돈하는 것이었기도 했고 말이다.

어딘가 시니컬해 보이는 무명의 천 아래에 숨어 내면을 털어놓는다. 초라하고 복잡한 마음이 하얀 옷감처럼 한결 선명하고 담백하게 보인다. 그를 무대에 올린다. 독자들의 이해와 공감을 받는다. 천의 앞면이 젖으면 뒷면

쑥: 무명의 천을 사이에 두고

에도 자연스레 침습하듯, 그들의 위안은 곧 나의 위안이 된다. 우리는 흰 천을 가운데에 두고 공존한다. 나에게는 그 사실이 큰 힘이 된다.

ON

이토록 충만한 만남

나는 무명의 천 속에 숨어 얼굴, 본명, 성별, 나이, 직업 모두 공개하지 않은 채 작업 활동을 해왔다. 일상툰이 아닌 관계로 독자들은 작가에 대한 그 어떤 것도 쉽게 추측할 수 없었을 것이다. 내가 어떤 사람인지 궁금해하는 분들이 꽤 있었는데, 그 의문을 2023년 11월에 열린 첫 개인전 〈무명의 선〉에서 마침내 풀어줄 수 있게 되었다.

　　전시 기간 내내 전시장 중앙 테이블에 앉아 상주했다. 언뜻 보면 관람객들이 스태프로 착각할 수 있는 자리였으며, 내 신상에 대해 알려진 바가 없어 관람객들은 저 사람이 작가가 맞는지 확신하기 어려웠을 것이다. 개인전 첫날, 관람객과 나 사이에 묘한 대치전이 펼쳐졌다. 그

쑥: 무명의 천을 사이에 두고

들의 눈빛에서 '저 사람은 작가일까, 아니면 스태프일까'
하는 아리송함이 느껴졌다. 눈이 마주치면 먼저 머쓱하게
인사를 건넸다.

"안녕하세요. 허허."

"혹시…… 작가님이신가요?"

"네, 맞습니다. 허허."

"어머, 남자분이신 줄 알았어요!"

전시 중 이 말을 정말 많이 들었다. 덧붙여 나이가 꽤
많고, 왠지 안경을 쓰고 있으며, 매우 내성적일 줄 알았다

는 이야기도. 사실과는 꽤 다르다. 나는 여성이고, 생각보다는 어리며, 라섹 수술을 했고, 적극적인 자세로 관람객을 환대하고 그들과 이야기를 나눴다. 게다가 시크한 무명이와 다르게 나는 다소 동글동글하게 생겼다. 그들의 놀람을 충분히 이해할 수 있었다. 남성이라는 오해를 제외하면 어느 정도 예상한 일이기도 했다.

처음에는 다수의 오인이 당황스러웠지만, 나중에는 묘하게 재밌었다. 속일 의도는 없었지만, 깜짝 이벤트에 성공한 사람이 된 기분이었다. 그 오인으로 인해 관람객들과 웃으면서 한 마디 더 나눌 수 있어 즐거웠다. 이 대화뿐만 아니라 오신 관람객들에게 들었던 많은 문장이 나를 정말 기쁘게 했다. 감히 말하건대, 생에서 가장 벅찼던 때가 바로 이 전시 주간이었다.

전시가 열린 보름 동안, 관람객들의 눈물을 닦아드리는 용도만으로 휴지 세 통을 비워내야 했다. 그러면서 관람객들의 진실한 공감에 깊은 감동을 받았다. 작가는 독자에게 무언가를 주는 존재라고 생각했는데, 되레 너무 귀한 것을 받게 된 것이다. 그들로부터 무엇을 받았는지 말하기 전에 내가 무엇을 주려고 했는지, 즉 어떻게 전시

쑥: 무명의 천을 사이에 두고

를 구성했는지 먼저 설명해야겠다.

전시장은 3개의 방으로 이루어져 있었다. 개인전을 제안받은 날부터 십오 평 남짓한 소담한 공간을 어떻게 가득 채울지 치열하게 고민하기 시작했다. 원화가 있는 보통 작가들과는 다르게 디지털 작업물을 전시하기에 다른 특별한 무언가가 있어야 할 것 같았다. 관람객에게 어떻게 울림을 줄 수 있을까. 어떤 의미를 줄 수 있을까. 어떤 경험과 어떤 감정과 어떤 사유를 전달하고 싶은가. 여러 고민 끝에 이런 공간을 만들고 싶다는 결론을 내렸다.

'그림 에세이 한 권이 공간으로 탄생한다면 이렇겠구나, 하고 느꼈으면 좋겠어. 그리고 솔직한 글에 둘러싸이는 경험을 선사하고 싶다. 그림이 어우러져서 볼거리가 많았으면 좋겠고.'

나는 스스로를 '선을 확장하는 사람'이라고 여긴다. 글과 그림은 모두 '선'의 확장이므로. 선이 활자의 모양으로 확장되면 '글', 동물과 사물의 형태로 확장되면 '그림'이 된다. 글과 그림으로 만들어진 선은 거울이 되어 그것을 보는 사람이 자신의 마음을 응시하도록 돕는다. 책과 인스타그램을 통해 손거울처럼 자그마하게 선을 확장했다면, 전시장에서는 전신 거울이나 거울 방처럼 커다랗게 확장해보고 싶었다. 그래서 전시명을 '무명의 선'으로 정했다.

그렇게 전시의 방향성을 잡은 다음, 구체적으로 공간을 기획했다. 먼저 메인 벽면을 어떻게 구성할지 즐거운 마음으로 고민했다. 전시장에 들어오자마자 보이는 폭 5미터의 벽면이 이 전시의 주제를 명확하게 보여줬으면 했다. 그리하여 손바닥만 한 엽서 380개를 2센티미터 간격으로 오와 열을 맞춰 붙였다. 엽서에는 2021년 8월부터 2023년 8월까지 작성한 글이 시간순으로 적혀 있었다. 일기장에 썼던 날것의 글부터 만화로 탄생하기 전부터 썼던 글까지. 상처의 속박에서 벗어나지 못한 날의 몸부림, 나는 짱이라고 외쳐본 기개, 대체로 불안하고 때로 절망하고 얼마쯤 다잡고 이따금 희망적인 이야기들을 전부 담았다.

그렇게 메인 벽면을 포함한 총 12개의 벽면이 약 700개의 엽서, 16개의 액자, 55개의 문장 카드와 3개의 패브릭 포스터로 채워졌다. 천사와 악마 무명, 멍 때리는 무명,

쑥: 무명의 천을 사이에 두고

생각의 우주에서 눈 감고 있는 무명, 팔순 잔치 주인공 무명, 아기 무명, 감자 무명 등등 다양한 무명의 초상도 함께 했다.

　작품 준비부터 설치까지 많은 품을 들였다. 700개의 엽서 뒷면에 일일이 양면테이프를 잘라 붙인 후, 같은 크기의 우드록에 부착했다. 그다음 마스킹테이프를 잘라 둥글게 말아서 다시 우드록 뒷면에 붙였다. 벽 가장 왼쪽 위에 하나의 엽서를 붙인 뒤, 자를 대고 2센티미터 옆에 다른 엽서를 부착했다. 붙인 엽서들의 수평이 맞는지 확인하면서 손수 700개의 엽서를 다 붙였다. 그야말로 수작업의 연속이었다. 고된 설치 과정을 거치며 '(관람객들이) 느긋하게 감상해주셨으면 좋겠다. 수작업의 고초와 글을 쓰던 날의 분투를 알진 못하더라도, 글과 그림을 꼭꼭 씹어 삼켜주었으면 좋겠다' 하고 소망했다.

　대망의 전시 날. 내 바람보다 소원은 훨씬 크게 이루어졌다. 700여 개의 글을 모두 읽기 위해 삼 일 내리 방문하신 분, 부산·완도·제주도·호주 등 각지에서 서울로 날아오신 분들, 큰 위로를 받았다며 기꺼이 눈물을 쏟으신 분들, 나의 건강과 행복과 평안을 빌어준 정말 많은 분들⋯⋯. 이번 전시에서 최고의 위로는 공감이라는 말을 피부로 깨달았다. 전시를 보며 '나만 그런 게 아니구나. 다 두렵고 상처받지만 그래도 살아가는구나' 하는 생각에 위안을 받았다는 관람객의 말에 답했다.

"저도 그래요. 제가 더 그래요. 이렇게 공감해주시고 행복을 빌어주시는 게 너무 큰 힘이 돼요."

화면과 종이 너머에 무음·무취로 존재했던 독자들과 작가인 내가 만나 목소리와 체온을 나눴다. 거기에는 약간의 뚝딱거림과 가득한 다정이 있었다. 아직도 그 기억을 먹고 산다. 마음이 불안정한 밤이면 그들이 남기고 간 편지와 방명록을 꺼내 읽는다. 편지지는 미지근한데 활자가 뜨끈하다. 그 온기에 물성 없는 자기 비하에서 부드럽게 멀어져본다.

2024년 2월부터 그림 에세이 클래스를 운영하고 있다. 이전부터 클래스 운영에 대한 문의를 종종 받기도 했고, 가르치는 일을 좋아하는 편이라 시작했다.

쑥: 무명의 천을 사이에 두고

하지만 아직도 수업 전날이면 내가 잘 가르칠 수 있을지 두려움에 떨며 잠에 든다. 그러니 첫 수업 전에는 어땠겠는가. 수업 자료를 만드는 몇 달간, 후회와 공포 속에 살았다. 아무도 신청하지 않으면 어떡하지, 수업이 허접하다고 생각하면 어떡하지, 그래서 사람들이 실망하면 어쩌지, 이대로 작가 인생 끝……?!

태초부터 걱정 인형인 나는 웬만하면 일어나지 않을 불행 시뮬레이션을 300개씩 돌렸다. 다만 침대에 가만히 누워 불안해하는 대신, 수업 자료를 보충하는 데 몰두했다. 다른 작가들은 글쓰기를 어떻게 알려주지? 퇴고하는 법이나 그림 그리는 법은? 남의 글과 그림에 어디까지 손을 대야 하지? 그때가 아마 인생에서 가장 많은 강의를 들었던 때가 아닐까 싶다.

강의안을 쓸 때, 멋져 보이고 싶어서 다른 사람들의 이야기를 내 가치관인 척 슬쩍 써보기도 했다. 글은 이렇게 써야 한다더라, 좋은 글은 이렇다더라, 좋은 그림은, 좋은 작품은……. 그러나 아무리 써봐도 내 것이 아니라 입에 붙지도 않았고, 남들에게 설명하기는 더욱 어려웠다. 결국 허울 좋은 남의 철학은 모두 뺐다. 그리고 좀 별 볼 일 없

34 ♡

어 보이더라도 내 진짜 작품관과 작업 방식을 서술했다.

"글 쓸 때의 자아와 평소 자아가 반드시 일치할 필요는 없습니다. 저는 평소에 장난치고 농담하는 걸 참 좋아하는데요. 펜만 들면 왠지 진지해지는 구석이 있습니다. 친구에게 대필 의혹을 받을 정도입니다. 그래도 상관없어요."

"글을 잘 쓰려면 책을 많이 읽어야 한다는데, 저는 잘 모르겠어요. 그 말 자체가 너무 부담스럽잖아요. 『데미안』이나 『달과 6펜스』처럼 고전 명작부터 읽어야 할 것 같고……. 물론 독서가 좋긴 하죠. 문장력이 좋아지고 사유도 넓힐 수 있으니까요. 근데 꼭 어렵고 두꺼운, 소위 '있어 보이는' 책을 읽을 필요는 없다고 생각해요. 만화처럼 비교적 쉽고 가벼운 책을 이따금이라도 읽으면서 독서에 대한 흥미를 잃지 않는 게 더 중요한 것 같아요. 무엇보다 저도 고전 명작을 선호하지 않습니다. 만화 짱!"

"두려워하지 말고 일단 그리라고 말씀드리지만, 저도 그렇게 하기 어려워요. 그림이 망하는 걸 실시간으로 보니까요. 가뜩이나 평소에도 나 자신을 부족하다고 여기며 미워하는데, 눈앞에 보이는 내 그림까지 별로니 얼마

쑥: 무명의 천을 사이에 두고

나 꼴 보기가 싫어요. 그래서 한동안 그림을 미워한 적도 있어요. 그래도 그림만큼 재밌는 게 또 없더라고요. 그림이 별로인 것 같으면 수정하고, 망하면 남한테 안 보여주면 돼요. 사진이랑 똑같이 그리고 싶었으면 사진 에세이를 만드는 게 맞죠. 그림은 작가가 자신의 일상을 바라본 시선을 담은 것이고, 개성적이고 삐뚤배뚤한 선이야말로 그림 에세이의 매력이라고 생각해요."

수업 중에 이런 이야기를 하면, 이론을 설명할 때와는 다르게 수강생들이 곧잘 웃어주신다. 안도와 공감의 웃음이리라. 첫 수업 시작 전에는 항상 수강생을 대상으로 사전 조사를 한다. 글을 써본 적이 있는지, 어떤 글이었

는지, 그림을 그려본 적이 있는지, 어떤 그림이었는지, 수업에 바라는 점이 있는지와 같은 질문을 던진다. 답변을 보면 이따금 일기를 쓰고, 그림은 낙서 정도로만 끄적거려본 분들이 대다수이다. 자신은 글과 그림에 소질이 없는데, 이 수업을 들어도 괜찮냐는 역질문도 심심치 않게 보인다.

수업 내내 그들의 작품을 살핀다. 도대체 왜 자신 없다고 하는지 모를 만큼 반짝거리는 글과 그림을 창작해낸다. 그래서 앞서 말한 것과 같은 내 진솔한 경험담이 도움이 된다. 그들은 실력이 없는 게 아니라 단지 자신이 없는 거니까. 역량이 부족한 것이 아니라 창작 경험이 없는 것이니까. 글과 그림을 사랑하여 이미 좋은 작품을 많이 봤으며, 그것과 비슷한 수준 혹은 창피하지 않을 수준의 작업물을 만들고 싶은 욕구와 완벽주의가 있으니까.

그래서 그들 앞에 서면 (애초에 있는지도 모를) 작가로서의 품위를 잃을 수도 있는 솔직하고 초라하며 다소 웃긴 작품관을 탈탈 털어내준다. 거창하지 않은 작업 노하우도 함께.

♡ 37   쑥: 무명의 천을 사이에 두고

글을 쓰고 그림을 그리는 순간, 우리는 모두 작가이다. (고루하지만 적확한 표현인) 원석 같은 수강생들의 작품을 함께 만들며 전에 느끼지 못했던 쾌감에 젖었다. 훌륭한 위인들이 왜 그렇게 후학 양성에 힘썼는지 조금은 알 것 같다. 물론 나는 훌륭한 사람도, 좋은 선생님도 아니지만, 그들을 선배로서 가볍게 이끄는 것이 즐겁다. 모두의 막연함을 개인의 구체성으로 빚어내는 것이 특히 좋다. 같은 수업을 들어도 수강생들은 저마다 다른 내용, 다른 구성, 다른 그림으로 하나의 에세이를 만들어낸다. 그것이 언제나 놀랍다.

그들의 작품을 엮어 한 권의 앤솔러지를 만들 때, 프롤로그에 이렇게 적었다.

수업을 이끄는 동안, 이 여섯 작가에게서 자주 맹렬함을 발견했다. 어떤 모양으로 살든 괜찮다는 씩씩한 응원, 눅눅한 내면을 뚫어지게 바라보는 기백, 그럼에도 살아가자는 굳센 다짐, 처음 긋는 선이라고는 믿을 수 없는 과감.
최초의 선을 그어 다듬는 행동에 주춤은 있어도 멈춤이 없다는 것에 감탄했다. 이들의 고요한 기세 앞에서는 왠지 부끄러워졌다. 나도 거짓 없는 선을 격렬히 그으리라 다짐했다. 선생으로 참여했지만 가장 많은 것을 배우고 간다. 뜨거웠던 진심에 깊숙한 감사를 보낸다.

그려낸 세계가 그곳에만 머무르지 않고 이렇게 현실로 돌아올 때 구체적인 기쁨을 느낀다. 글과 그림은 대체로 모호하고 슬픈 마음일 때 지어지고 그려지지만, 이를 세상에 내비친 후 결이 비슷한 이들과 온기를 나누는 일은 온전히 기쁘다.

그들은 내가 이런 기억들로 오래오래 살고 있다는 것을 알고 있을까? 글썽이는 눈빛, 다정한 응원, 뚝딱거려도 사랑스럽던 행동들. 그들에게 받아온, 꺼지지 않는 빛은 언제나 내 마음을 비추고 있다. 아마 평생을 비추겠지.

쑥: 무명의 천을 사이에 두고

ON

글과 그림을 찾아 뚜벅뚜벅 ─────

보통 작가는 프리랜서라서 비교적 자유롭게 일정을 주무를 수 있다. 규칙적으로 일하며 근면한 프리랜서도 많지만, 나는 그 범주에 들지 않는다. 특히 요즘은 인생에서 가장 불규칙하고 무계획적인 시간을 보내고 있다. 회사에 다닐 때는 '9 to 6'의 삶에 맞춰 살면서 지금보다 훨씬 더 많은 일을 일률적으로 했다. 지옥철을 뚫고 아홉 시에 맞춰 출근한 후, 점심시간에는 사내 헬스장에서 운동하거나 회사 근처 카페에서 그림을 그렸다. 퇴근 후에는 피티PT를 받거나 글을 쓰거나 친구들과 술을 마셨다.

도대체 어떻게 그런 삶을 살았는지 싶다. 바쁠수록 되레 시간을 쪼개 하고 싶은 일을 하려 애썼던 것 같다. 지

♡ 41

금은 그때와 반대의 삶을 살고 있기에 이 일상에 '루틴'이라는 단어를 붙여도 될지 의문이다. 요즘의 일상 루틴은 곧잘 바뀌고 늘어지고 깨지니까. 그럼에도 프리랜서로서의 삶을 위한 나름의 루틴은 존재한다.

아프지 않거나, 슬프지 않거나, 외부 일정이 없는 날은 오전 열 시경 일어난다. 간단하게 아침을 먹는다. 아침은 주로 닭가슴살이나 달걀프라이, 두부에 채소나 나물 반찬을 곁들여 먹는다. 탄수화물은 최대한 자제한다. 과자를 즐겨 먹는 편이라 밥도 많이 먹어버리면 저항 없이 체중이 불기 때문이다. 간식을 즐기는 것이 더 안 좋은 식습관인 것은 알지만, 과자를 씹어먹는 쾌감을 대체할 만할 것이 없다. 얇은 감자 칩 따위를 이로 콱콱 파괴하며 스트레스를 푼다.

아침을 먹고 나면, 간단하게 씻고 편안한 옷을 입는다. 책가방에 노트북과 아이패드를 넣고 집을 나서 근처 단골 카페로 향한다. 이때의 홀로 걷는 시간, 이 시간은 아주 중요하다. 이때 초고를 가장 많이 쓰기 때문이다.

한곳에 궁둥이를 오래 붙이고 원고를 쓰는 작가가 많

겠지만, 나는 그렇지 않다. 초고를 쓸 때 내 궁둥이는 보통 지면에서 수직으로 공중 부양하고 있다. 초고는 그렇게 걷거나 샤워하거나 만원 지하철에 서 있을 때 중력을 거슬러 탄생한다.

같은 이유로 멍 때리는 시간도 귀하다. 소중한 사유가 쏟아지기 때문이다. 무감정한 안면 아래, 숨 가쁘게 생성되는 생각들을 휴대폰 메모장에 옮긴다. 주제는 다양하다. 감정, 관계, 세상에 대한 옅은 고찰들…… 스스로도 생각의 흐름을 걷잡을 수 없다. 어제는 불안의 초라함을 묘사했고 오늘은 우정의 거룩함을 서술했다. 지난주엔 머릿속에서 실수 비디오가 얼마나 자주 상영되는지 고백했고, 이번 주엔 근거는 없지만 잘될 거라고 스스로에게 이야기했다. 지킬 박사로 오해를 받을까 걱정된다. 그렇지만 어쩔 수 없다. 내 안에는 내가 너무 많다. 이 중에서 어느 하나 가짜라고 말하기 어렵다. 그리하여 매일 다른 소재와 마음으로 글을 쓴다. 어제와 오늘의 나는 또 다르니까.

길을 걸어도, 멍을 때려도 소재가 떠오르지 않는 날이 있다. 그러면 동네 도서관에 간다. 주로 들르는 번지수는 청구기호 810번지. 한국문학이 기거하는 곳이다. 제목

쑥: 무명의 천을 사이에 두고

만 보고 마음에 드는 문학작품을 뽑아 읽는 행위를 좋아한다. 우아한 '순문학인'이 된 기분이다. 고전문학을 선호하진 않는다. 너무 어렵다. 조금 더 친절한 글이 좋다. 그렇지만 가벼운 내용만 담긴 건 또 싫다. 묵직한 메시지가 담겨 있으면서 작가 고유의 유머가 섞여 있는 게 좋다. 이런 까닭에 에세이나 현대시 분야의 책을 주로 읽는다. 쉬운 동시에 묵직하며 유쾌한 작품을 감상했을 때의 짜릿함은 이루 말할 수 없다.

근사한 작품을 보면 무엇이든 작업하고 싶어진다. 곧장 휴대폰 메모장 앱을 켠다. 책 속에서 발견한 멋진 철학을 내 식대로 해석하여 초고를 쓴다. 물론 초고가 책의 내용과 연관되지 않는 날도 있다. 다시 말하지만, 나는 주로 멍을 때릴 때 영감이 떠오르는 편이다. 그런 점에서 책이 좋은 이유 중 하나는 그를 앞에 두고 딴짓을 하더라도 나를 꾸중하지 않기 때문이다. 그러니 신성한 도서관에서 감히 휴대폰을 오래 만지는 이가 있거든, 영감을 얻어 신난 작가일지도 모른다고 생각해주시길.

본격적인 작업을 하기 위해 도서관에서 나와 카페에

간다. 도서관 내에서는 거의 작업하지 않는다. 관내 노트북 열람실에서 작업을 몇 차례 시도한 적도 있지만, 묘하게 답답한 공기 때문에 집중이 잘 안 되었다. 학생 때 그곳에서 공부했던, 유쾌하지만은 않은 기억이 떠오르는 것도 한몫하는 듯하다. 그래서 항상 카페로 자리를 옮겨 콘센트가 있는 자리에 앉는다.

이제, 다시 한번 중요한 순간을 맞는다. 작업에 바로 집중할 수 있느냐 없느냐는 이때 듣는 음악으로 결정된다. 노이즈캔슬링이 되는 이어폰을 귓구멍에 밀어 넣고 '작업할 때 듣는 피아노'라는 나만의 플레이리스트를 재생한다. 첫 곡은 최보통의 〈흰색달빛, 푸른새벽, 노랫소리(inst.)〉이다. 원래 가사가 있는 노래지만, 나는 주로 가사가 없는 버전을 듣는다. 책『무명의 감정들』원고를 쓸 때 이 노래를 주로 들었다.

작업할 때 듣는 곡, 특히 첫 곡을 정해 놓으면 이런 장점이 있다. 한참 작업을 하다가 문득 집중이 깨질 때, 한 김 쉰 다음 플레이리스트의 처음으로 돌아가 일명 '시작의 노래'를 재생하는 것이다. 그러면 이제 막 작업을 시작하는 느낌을 받을 수 있다. 만화 작업은 환경의 제약 없이

쑥: 무명의 천을 사이에 두고

곧잘 하는 편이지만, 글 작업은 어느 정도 환경이 갖춰져야 시작할 수 있다. 어느 정도 세상과 단절된 공간, 귀에 거슬리지 않는 피아노 소리, 비어 있지 않은 텀블러. 이 세 가지 조건이 갖춰지면 휴대폰 메모장에 적힌 원고를 퇴고하기 시작한다. 국어사전에서 유의어를 검색해보기도 하고 시집을 읽으며 날카로운 단어를 찾아내기도 한다.

지난한 퇴고가 끝나고 그림을 그릴 때는 곧장 유튜브나 OTT를 켠다. 글을 쓸 때는 노래 가사마저 작업에 방해되므로 주로 피아노 소리만 듣거나 아무것도 듣지 않지만, 그림 작업은 반대다. 영상을 시청하며 작업한다. 더 정확히는 라디오처럼 영상 소리만 들으며 그림을 그린다. 글 작업은 쌓아온 생각을 정리하는, 마음이 무거운 동시에 가벼워지는 시간인 반면 그림 작업은 그 순간을 즐기며 몰입하는 시간이다. 그래서 글 작업보다는 그림 작업이 편하다.

한껏 산뜻한 마음으로 노트북은 테이블 끝에, 아이패드는 명치 앞에 비스듬히 세워둔다. 재생하는 영상은 때에 따라 다르다. 요새는 친한 사람들끼리 모여 시시콜콜 대화하는 유튜브 영상에 빠졌다. 어떨 때는 추억의 애니

메이션을 몰아 보기도 하고, 뮤지컬 〈팬레터〉 DVD를 여러 번 돌려보기도 한다.

　마음에 드는 영상을 재생한 뒤에 드로잉 프로그램을 실행한다. 우선 다듬은 문장을 글 상자에 배치하면서 어떤 그림을 그릴지 생각한다. 곧잘 구상이 떠오르는 편이다. 아이디어가 잘 떠오르지 않는 날에는 레퍼런스를 찾으며 영감을 얻기도 한다. 같은 내용을 너무 오래 보면 내가 먼저 질려버리기 때문에 빠른 호흡의 작업을 선호한다. 그래서 두세 시간 안에 만화 열 컷을 모두 그린다. 빠르면 한 시간 안에 그릴 때도 있다.

　싱싱한 생각을 갓 잡아 올려 눈에 보이는 것으로 만드는 행위가 좋다. 이제 작업물에 제목을 붙이고 인스타그램에 올린다. 댓글들을 확인하며 행복해한다. 사실 이 시간을 위해 작업한다 해도 과언이 아니다. 갓 태어난 나의 피조물이 실시간으로 누군가에게 가닿는다. 공감받고, 응원받고, 마침내 사랑받는다.

　한결 보드라워진 내면을 품고 짐을 챙긴다. 해가 지고 있는 바깥으로 나간다. 가슴 한쪽이 잔잔하게 간지럽다. 역시 작업은 재밌어. 내일 또 그려야지.

아프지 않거나
슬프지 않거나

외부 일정이 없는 날은
오전 열 시경에 일어난다.

간단하게 아침을 먹는다.
닭가슴살이나 달걀프라이.

두부에 채소나 나물 반찬
같은 걸 곁들여 먹는다.

48 ♡

노트북과 아이패드를 챙겨 나선다.

카페로 가는 이 시간이 나에겐 아주 중요하다.

홀로 걷는 시간.

이때 초고를 가장 많이 쓰기 때문이다.

길을 걸어도, 멍을 때려도
소재가 떠오르지 않는 날엔

동네 도서관에 간다.
에세이, 현대시를 주로 읽는다.

쑥: 무명의 천을 사이에 두고

쉬운 동시에 묵직한 작품을 감상했을 때의

짜릿함은 이루 말할 수 없다.

근사한 작품을 보면 곧 작업을 하고 싶어진다.

휴대폰 메모장 앱을 켜 초고를 쓴다.

도서관에서 빠져나와
카페에 간다.

콘센트가 있는 자리를
골라 앉는다.

50 ♡

작업에 바로 집중할 수 있느냐 없느냐는

음악으로 결정된다.

이어폰을 귓구멍에 밀어 넣는다.

피아노 소리를 들으며 퇴고한다.

이제 그림을 그릴 시간.

곧장 유튜브나 OTT를 켠다.
영상을 보며 그림 작업을 한다.

쑥: 무명의 천을 사이에 두고

빠른 호흡의 작업을 선호하기 때문에

두세 시간 안에 만화 열 컷을 모두 그린다.

작업물에 제목을 붙이고 인스타그램에 올린다.

댓글을 확인하며 몰래 행복해한다.

한결 보드라워진 내면을 품고 짐을 챙긴다.

아이패드를 차곡차곡 접어 가방에 넣는다.

해가 지고 있는 바깥으로 나간다.

가슴 한쪽이 잔잔하게 간지럽다.

역시 작업은 재밌어.

내일 또 그려야지.

이름만 건강한 쑥의 야매 관리법

나를 돌보는 건 정말 어려운 일이다. 스스로를 돌보려면 영양제를 챙겨 먹고, 규칙적으로 식사하고, 꾸준히 운동하고, 과음하지 않고, 일찍 자고 일찍 일어나며, 건강하게 스트레스를 해소할 거리를 지니고 있어야 한다.

나는 앞서 나열한 모든 행위에서 거의 정반대로 살고 있다. 주변에서 추천해주는 영양제는 거들떠보지 않고, 이따금 과식하거나 소량의 간식으로 식사를 때우고, 운동은 내킬 때만 하며, 술을 즐기고, 가능한 한 늦게 자고 늦게 일어나며, 스트레스를 폭력적으로 해소하거나 아예 외면하기도 한다. '클린한' 식단과 건강한 생활 습관을 지니며 SNS에 건강한 몸과 식사 사진을 게시하는 이들과는 거리가 먼 삶을 살고 있다. 이상적인 생활 습관을 가지려고 간헐적으로 노력해봤지만, 번번이 실패했다.

　몸과 마음은 챙기지 않으면 금세 부서진다. 나이가 들면서 나를 돌보는 일이 얼마나 중요한지 서서히 깨닫는 중이다. 나의 강녕과 복지는 나의 의무임을 통감하고 있다. 그래서 자주 실패했으나 조금씩 나아지고 있는, 내가 나를 돌보는 야매 관리법을 열심히 실천한다.

　맛있는 것이 좋다. 먹는 것을 삶의 낙으로 여길 정도다. 초중학생 때는 학교 앞 문구점과 분식집에서 불량 식품과 컵 떡볶이를 먹는 재미로 살았고, 고등학생 때는 매점 빵과 급식을 먹는 즐거움으로 살았다. 대학생 때부터는 본격적으로 친구들과 맛집 가는 것을 즐기고 있다. 그래서 휴대폰 속 네이버 지도 앱에 가고 싶은 맛집이 별표로 잔뜩 표시되어 있다(이것은 나의 보물이다).

　다만 십대까지는 폭력적인 음식을 매일 먹어도 살찌지 않는 축복받은 몸이었는데, 지금은 아니다. 먹으면 먹는 대로 몸이 붓고 살이 찐다. 또 먹는 것을 좋아하지만, 만성적으로 잘 체하고 위가 약한 탓에 이제는 식단을 조절하고 있다. 짜고 달고 자극적인 음식으로 한 끼를 채웠으면, 다음 끼니는 간이 세지 않고 건강한 음식을 먹는 식이다. 예를 들어 점심에는 샐러드를 먹었다면, 저녁에는 양념치킨을 먹는다. 여행을 가서 이틀간 과식했으면 돌아온 후 이틀 정도는 가볍게 먹으려고 노력한다. 요컨대 플러스마이너스 0을 만드는 것이다. 일명 '병 주고 약 주기' 권법. 맛있고 칼로리 높은 음식을 포기할 수 없지만 동시에 건강은 챙기고 싶은 나에게 가장 잘 맞는 방법이다.

이 권법은 술에도 적용된다. 나는 술을 즐겨 마신다. 예전에는 친구들과 왁자지껄하게 마시는 것을 선호했는데, 이제는 혼자서 조용히 조금씩 마시는 것도 좋아한다. 일과를 무사히 마치고 집으로 돌아와 영화나 예능 프로그램을 보면서 평화롭게 들이켜는 맥주 첫입의 희열을 무엇과 바꾸리. 막역한 친구들과 시답잖은 농담 따먹기를 하며 기울이는 소주 한잔은 또 어떻고.

혼자서든 여럿이서든 술 마시는 게 좋으니, 혼자 마시는 시간을 최대한 줄이려고 노력한다. 한 주의 술 약속이 몇 개인지 헤아려본다. 약속이 3개가 넘으면 혼술을 하지 않으려고 한다. 집중할 일이 많은 주간에는 최대한 마

쑥: 무명의 천을 사이에 두고

시지 않으려고 애쓴다. 탄산수나 제로 콜라로 맥주의 아쉬움을 달랜다. 물론 애쓰지 못할 만큼 지친 날에는 이것이 진정 나를 돌보는 법이라고 믿으며 그냥 마신다.

야매 관리법 두 번째. 무라카미 하루키처럼 매일 달리진 않지만, 간헐적으로 달린다. 뛰고 싶은 마음이 들면 당장 운동복을 꺼내 입고 나간다. 뛰고 싶은 순간은 주로 일과를 마치고 바깥바람을 강렬하게 쐬고 싶을 때 혹은 생각이 많은 날에 이를 물리적으로 없애고 싶을 때다.

머리와 운동화 끈을 질끈 묶고 밖으로 나간다. 목적지는 집에서 약 4킬로미터 떨어진 공원이다. 뛸 때는 무조건 신나고 템포가 빠른 노래를 듣는다. 항상 듣는 러닝용 플레이리스트가 있다. 원더걸스의 〈Tell me〉, 2NE1의 〈내가 제일 잘 나가〉, 슈퍼주니어의 〈쏘리 쏘리〉 등 2010년대 아이돌 노래가 주를 이룬다. 쿵! 쿵! 쿵! 쿵! 묵직하면서도 날렵한 템포에 맞춰서 뛰면 덜 지치는 느낌이다. 플레이리스트 속 노래와 현재 위치로 오늘의 달리기가 느린지 빠른지를 판단한다. 예컨대 공원 반 바퀴를 돌았을 때 열 번째 곡인 G-DRAGON의 〈삐딱하게〉가 나오면 적당히 뛴

것이다. 이렇게 숨이 턱 끝까지 차오를 때까지 뛰면 머리
는 되레 맑아지는 기분이 든다.

　이처럼 신나는 노래에 맞춰 마구 뛰고, 힘들면 잠깐
걷는 방식이 내게는 잘 맞는다. 러닝 앱에 있는 인터벌 러
닝 기능(예를 들어, 5분 걷기 → 3분 뛰기 → 1분 걷기 → 3분 뛰
기 → 1분 걷기⋯⋯ 5분 걷기)을 활용한 적도 있으나 영 불편했
다. 지금부터 걷거나 뛰라는 안내 음성이 나오면 '더 뛰고
싶은데' 혹은 '더 걷고 싶은데' 하는 반항심이 들었기 때문
이다.

　나에게 달리기는 자유의 영역이므로 어떤 제지도 받
고 싶지 않다. 노래가 신나면 빨리 뛰고 덜 신나면 걷는다.
컨디션이 좋으면 더 빨리 뛰고 안 좋으면 천천히 뛰거나
뛰지 않는다. 매번 가는 경로가 지겨우면 고민하지 않고
다른 길로 간다. 달려도 생각이 비워지지 않으면 길게 뛰
고, 뛰는 나 자신이 멋지다는 생각이 들면 더 뛴다. 그야말
로 마음 내키는 대로 뛴다. 이렇게 다리가 튼튼할 때까지
뛰고 싶다. 뛸 때에만 느낄 수 있는 자존감과 상쾌함을 만
끽하면서.

술과 달리기가 괴로움을 쓸어가지 못하는 날이면, 글을 쓴다. 식음과 동적인 활동으로 해소하지 못했으니 정적인 일을 시도해보는 것이다. 고뇌를 배출하는 방법 중에는 한 글자가 참 많다. 말, 술, 잠, 뜀, 글. 내가 시도한 일 중 가장 건강하고 단단한 방법은 글이었다.

말과 술은 몹시 좋은 배출구지만, 그것들은 때로 후회가 남기도 하므로 매번 할 수는 없다. 잠은 배출구라고 하기에는 조금 애매하다. 그저 시간을 잔뜩 흘려보내니까. 차라리 '고뇌 임시 보관 창고'라고 묘사하는 편이 더 옳겠다. 뜀 역시 컨디션이 따라주지 않는 날에는 할 수 없다. 몸과 날씨 상태가 모두 허락되어야 한다.

그럼 남는 것은 역시 글이다. 글은 혼자 쓰고 혼자 보기에 '그 말은 하지 말걸'이라는 후회가 남지 않는다. 작가가 된 이후, 극히 우울한 글 일부를 제외한 대부분의 글이 작품으로 재탄생하고 있지만 퇴고 과정에서 아주 밉거나 지질한 표현은 수정할 수 있다. 그러므로 남들에게 크게 망신을 당하는 경우는 거의 없다.

돌아보면, 아주 어릴 때부터 글을 썼다. 대체로 슬프

거나 분개하는 마음으로 글에 감정을 토했다. 폭발적으로 글을 많이 썼던 시기는 한참 자기혐오에 점철되었던 고등학생 때였다. 고1 때 나는 성적이 애매한 학생이었다. 그러나 좋은 대학에 가고 싶었고, 부랴부랴 공부에 매진하면서 일그러진 완벽주의가 생겼다. 좋은 성적을 받지 못하는 스스로를 미워하고 질책했다. 컴컴한 독서실에서 눈물을 뚝뚝 흘리며 그 괴로운 마음을 토출하는 글을 썼다.

글을 쓴다고 마음이 단번에 다독여지진 않았다. 되레 글을 써서 안 좋은 감정마저 오래 간직하는 것은 아닌가, 하는 의문이 들었다. 하지만 의문을 품으면서도 글쓰기를 멈출 수는 없었다. 힘이 들면 나도 모르는 새에 펜을 들어 글을 쓰고 있었다. 그렇게 계속 쓰니 자기혐오와 자책으로 가득했던 글이 주춤거리며 다른 방향으로 향했다. 어떤 날에는 스스로를 토닥이고, 어떤 날에는 다 괜찮을 거라고 나 자신을 안심시켰다.

마침내 어느 순간부터는 스스로를 미워하지 말자고 쓸 수 있었다. 나는 내가 나를 미워한다고 생각했다. 그러나 그 미움은 궁극적으로 나 자신을 사랑해서 생겨난 것이었다. 지금보다 성공하거나 좋은 사람이 되면 주변 이

쑥: 무명의 천을 사이에 두고

들에게 사랑받을 수 있고, 그러면 자연스레 행복해질 테니까. 그러니 아직 부족한 자신을 미워하고 채찍질할 수밖에 없었다. 목표를 향해 나아가는 것도 나 자신을 위한 일이지만, 있는 그대로의 나와 노력 중인 나를 인정해주는 것도 나를 위한 일이라는 걸, 글을 쓰면서 깨달았다.

여전히 글 속 감정의 방향은 돌고 돈다. 빈도수가 줄기는 했지만, 자기혐오와 불안을 쏟아내는 날도 엄존한다. 다만 예전에는 그것이 힘들기만 했다면, 이제는 아니다. 내 마음을 똑바로 마주한다. 곤죽이었던 감정들이 얌전하게 줄을 서 있다.

'실수한 게 창피했어. 더 잘하고 싶은데 왜 못하지. 다음에 또 망칠까 봐 두려워.'

글을 쓰며 날것의 감정을 직면하고 이해한다.

'그런 마음이었구나. 그럴 수 있어. 인간은 누구나 실수를 해. 완벽할 수는 없어. 그리고 사실 잘 해낸 부분이 더 많아. 너무 실수에만 매몰되어 있지 말자. 내겐 다음이 있어.'

이러한 문장을 이어 쓰면서 부정적인 마음을 이겨내

본다.

　　이렇게 십 년 넘게 글을 쓰는 동안 얼마간 나를 알게 되었다. 나는 자주 지기도 하지만 결국 이겨내는 사람이라는 것을. 결국엔 웃는 사람이라는 것을.

건강을 잃을 것 같은
불길한 느낌이 들면 하는 일들

퐁당퐁당 식사

무작정 달리기

글, 나의 구원

쑥: 무명의 천을 사이에 두고

AUBUCUD

"작가는 돈이 안 돼."

이 말을 참 많이 들으며 컸다. 다행히도 작가가 된 이후로는 그런 말을 들은 적이 거의 없지만. 이런 말을 듣고 자라서일까, 나는 작가를 꿈꿔본 적이 없다. 아니, 몰래만 있었다고 해야 하나. 정확히는 장래 희망란에 '작가'를 적어본 적이 없다. 유치원생 때 '화가'를 첫 번째 꿈으로 적고 나서 초등학생 때부터는 따박따박 월급이 나오는 직업을 장래 희망란에 적었다. 선생님, 카피라이터, 디자이너 등등. 그러면서도 언젠가 나만의 그림과 글을 창작하면서 살 수 있지 않을까, 가끔은 상상해보았다. 물론 그 꿈을 들켰다가 이루지 못하면 창피하니까 아무에게도 말하지 않

쑥: 무명의 천을 사이에 두고

고 혼자만 꿈을 품고 있었다.

그런 내가 어영부영 작가가 되었다. 스스로 '작가'라고 소개할 때마다 조금은 민망하다. 그냥 '쓰고 그리는 사람'이라고 표현하고 싶다. 예전에는 많은 작가가 본인을 '쓰는 사람' 혹은 '그리는 사람'이라고 지칭하는 것이 잘 이해되지 않았다. 저렇게 표현하는 게 더 멋있어서 그런가, 하고 넘겼었다. 되어보니 알겠다. 그건 정말 낯부끄러워서 그런 것이다. 작가라는 건 왠지 대작을 쓰는 혹은 언젠가 쓸 예정인 특별한 직업처럼 느껴진다. 그런데 창작을 하고 있지 않을 때도 있는 사람인 나를 작가라고 지칭해도 되는가에 대해 고민하다가, 이내 스스로 소개할 때 주춤하게 되는 것이다.

각설하고. 본디 직업이란 '생계를 유지하기 위하여 자기 적성과 능력에 따라 일정 기간 계속하여 종사하는 일'이라는 의미이다. 나를 작가라고 지칭하려면 일정 기간 쓰고 그리며 돈을 벌어야 한다. 그렇지만 인스타그램에 올리는 '에세이툰'은 오롯이 취미와 자아실현의 영역에서 시작한 것이었다.

그래서 아직까지 만화를 그리는 일이 '일'처럼 느껴

지지 않는다. 작품을 엮어 책을 내거나 '광고툰'을 그리지 않는 한 원고료를 받지 못하는 인스타툰의 특성 덕분일 수도 있다. 더불어 스스로도 작업을 일로 느끼지 않으려고 노력하고 있다. 글과 그림은 언제나 그리고 마침내 자아를 채우는 일이니까. 온전히 나일 수 있는 일이자, 나와 나의 피조물에만 정신을 쏟는 활동이니까. 한 가지 작은 바람이 있다면 앞으로도 이런 마음으로 글을 쓰고 그림을 그리고 싶다.

세상에는 많은 저주가 있다. 독이 든 사과를 먹고 영원한 잠에 빠진다거나 왕자가 야수로 변한다는 등의 저주. 내가 걸린 저주는 '취미를 업으로 만드는 저주'다. 취미로 그림을 그리다가 미대에 진학했다. 졸업 후 디자이너가 되어 창작과 닮은 듯하지만 사실 거리가 먼 일을 하다가, 작가가 되었다.

취미를 일로 만드는 과정에서 번번이 좌절감을 느꼈다. 좋아하는 일이 잘하는 일이 되어야 할 때의 부담감은

쑥: 무명의 천을 사이에 두고

엄청났다. 세상에 이렇게 글을 잘 쓰는 사람이 많단 말이야? 이렇게까지 금손이 많다고? 아, 큰일 났다. 그러면 또 다시 자기 불신과 자기혐오의 굴레가 시작되었다. 그렇지만 어쩌겠는가. 내가 선택한 길이니 악으로 깡으로 버티는 수밖에. 이런 마음을 마주하면 처음 글과 그림을 사랑하게 되었던 이유를 잊지 않으며 쓰고 그릴 뿐이다.

나는 작가 활동을 한 지 오래되지 않았고, 주변에 아는 작가도 별로 없다. 그래서 늘 궁금했다. 도대체 다들 뭐로 먹고사는지. 이따금 들어오는 책의 인세로 먹고살기 충분한지. 어떻게 해야 글도 쓰고 그림도 그리며 잘 먹고 잘 살 수 있는지. 어디에도 물을 수 없었기에 몸으로 부딪쳐보고 있다. 그래서 많은 일을 벌이고 수습하며 산다.

우선 다시 가구디자이너로 일하고 있다. 가구디자인을 전공했으므로 어느 정도 익숙한 일이다. 주 3~5일 정도 회사에 출근한다. 도면을 제작하고, 렌더링(완성 예상도)을 만들고, 포토샵으로 이미지를 수정하고, 고객과 디자인 맞춤 상담을 한다. 제품 검수와 배송관리도 한다. 주 2일은 그림 에세이 클래스를 운영하고 있다. 나머지 시간에는 틈틈이 에세이툰을 그리고 책을 집필한다.

그림 그리는 일 외에 통장을 채우는 일을 따로 마련하니 불안이 줄어들었다. 프리랜서로 살아보는 건 처음이라 너무 많은 것을 걱정했었다. 사람들이 계속 내 작품을 좋아해줄까? 회사에 돌아가려면 지금 돌아가야 하지 않을까? 안정적인 수입원이 있어야 하지 않을까? 따위의 고뇌들. 이 질문에 대답해줄 사람은 나뿐이었다. 그래서 계속 글과 그림을 창작했고, 임시적이지만 안정적인 수입원을 따로 마련했고, 기회가 오면 그것이 무엇이든 일단 잡고 본다.

요즘은 통장과 자아를 채우는 일의 분리가 중요하다고 느낀다. 작업의 즐거움을 잃지 않으면서 창작을 생계수단으로만 생각하지 않기 위해서 말이다. 물론 창작물에 대한 정당한 가치를 지급받는 것은 지당하며, 작품 활동으로 많은 돈을 벌면 당연히 좋다. 다만 수익을 위해 대중들이 원하는 방향으로만 창작하거나, 인기 얻었던 주제를 자가복제하면서 반복생산하는 일은 지양하고 싶다. 위선 없이, 거짓 없이 타인의 눈치를 보지 않고 내가 하고 싶은 말을 솔직하게 담고 싶다. 근사하지는 않더라도 '진짜'

쑥의 다양한 생업

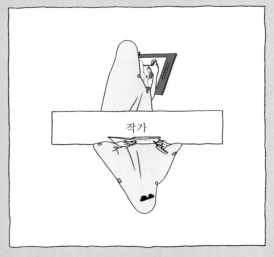

작가

그림 에세이 강사

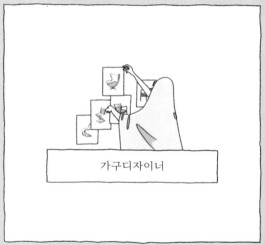

가구디자이너

쑥: 무명의 천을 사이에 두고

를 만들고 싶다. 그리하여 오래도록 내 글과 그림에 자아를 가득 채우고 싶다.

앞으로는 어떤 일로 통장을 채우게 될까? 책 인세도 회사도 클래스도 영원하지 않을 것이다. 그래도 장담할 수는 없으나 언제나 방법은 있을 것이다. 여전히 나는 많은 꿈을 가지고 있다. 목공방을 차려서 나무를 깎고 갈고 기름칠하는 것, 희망과 설렘이 가득한 애니메이션을 만드는 것, 레터링케이크 가게를 내서 축복이 가득한 기념일 케이크를 만들어 주는 것, 그림 에세이 클래스를 위한 아지트를 짓는 것, 『해리포터』 같은 글과 『식객』 같은 만화를 그려 평생 생계 걱정이 없는 것 등등.

자아를 채우기 위한 꿈도 많다. 피아노를 배워서 이따금 연주하는 시간을 가지는 것, 친구들을 초대할 수 있는 '나래 바' 같은 공간을 마련하는 것, 힘닿을 때까지 에세이툰을 그리는 것 등등. 모쪼록, 앞으로도 통장과 자아를 다채로운 색깔로 채울 수 있는 사람이 될 수 있기를.

걷고 달리고 읽고 눕는 인생

특별한 일정이 없으면 저녁에는 대개 산책을 한다. 앞서 말했듯이 걷는 것은 나에게 아주 중요한 일이다. 중요하다고 말하는 것이 생경할 만큼 일상적인 일이다. 평소 웬만한 거리는 걸어 다닌다. 시간만 허락한다면 한 시간 거리까지는 걷는다. 걷는 행위가 좋다. 크게 생산적이진 않지만 마냥 누워 있는 것보단 죄책감이 덜 들고, 운동도 되고, 걸음에 따라 달라지는 풍경을 오감으로 느낄 수 있고, 콧속에는 날씨 냄새가 가득하고, 헨젤과 그레텔처럼 생각을 줄줄 흘리고 새로 생성하고 또다시 줍고 마침내 정리할 수 있으니까.

어느 순간부터는 '소재가 생각이 안 나니 걸어야겠

쑥: 무명의 천을 사이에 두고

다'라는 생각으로 산책을 나서는 일이 많아졌다. 그러나 소재를 얻어야겠다고 생각한 순간부터 소재는 얻을 수 없다. 그 생각에 함몰되기 때문이다. 이를 알아챈 이후로는 '그냥 걷자' 하고 길을 나선다. 맹탕 걷다 보면 생각은 어김없이 홀홀 퍼져 나온다. 언뜻 봤을 때는 건조해보이는데, 눌러보니 한 아름 물먹은 스펀지처럼 말이다.

주로 걷기 시작하는 시간은 저녁 아홉 시쯤이다. 오후 여덟 시경 일과를 마치고 저녁을 먹은 후 집을 나선다. 발길이 닿는 대로 걷지만 가는 길은 매번 비슷비슷하다. 다녔던 초등학교, 중학교, 고등학교를 순서대로 찍는다. 오랜 등굣길을 걸으면 마음이 참 이상해진다. 간지럽다고 해야 하나, 아련하다고 해야 하나. 그립기보다는 애잔하다. 조숙했지만 미숙했던 여덟 살의 나, 열네 살의 나, 열아홉 살의 나를 순서대로 만난다.

여덟 살의 너는 트램펄린을 타고 땀에 흠뻑 젖은 채로 한 손에 포도 맛 슬러시를 들고 있다. 종이컵은 흐물하고, 입안은 차갑고 불량스런 맛으로 가득하다. 신발주머니를 휘두르며 다부지게 나아간다. 아파트 단지를 지나면 열네 살의 네가 언니에게 물려받은 헐거운 교복을 입고 있다. 볼에는 여드름이 잔뜩이고, 두꺼운 뿔테 안경을 꼈다. 밑도 끝도 없이 외롭고 슬퍼 보인다. 전자사전으로 인터넷소설을 읽으며 걷다가 앞 사람을 보지 못하고 부딪힐 뻔하기도 한다. 골목을 지나면 열아홉 살의 네가 자전거를 타고 빠른 속도로 등교하고 있다. 교복 치마 안에는 체육복 바지를 입었다. 자지 못한 밤과 깨지 못한 아침의 누적으로 피로하다. 급식과 매점을 떠올리며 힘내다가도 야자와 학원, 독서실을 떠올리며 축 처진다. 처음 불합격의 고배를 마시고 혼자 앉아 있었던 버스 정류장을 지난다. 무표정한 얼굴로 우는 네가 멀어진다.

오래된 동네를 산책하다 보면 자연스레 시간을 거슬러 과거의 내가 된다. 미숙했던 옛날을 겹겹이 지나치면서 현재의 나로 되돌아온다. 다사다난하고 불안정한 시간을 버티며 지금까지 걸어왔다는 게 갸륵하다. 과거의 내가 쌓아온 현재를 귀하게 여기며 살아가야겠다는 마음을 먹는다. 걷고 있는 지금 이 순간도 과거가 되겠지. 이 길을 여전히 걷고 있을 미래의 나는, 지금의 나를 어떻게 생

쑥: 무명의 천을 사이에 두고

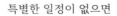

특별한 일정이 없으면

저녁에는 대개 산책을 한다.

나에게 걷는 것은 중요하다.
중요하다고 표현하는 것이

생경할 만큼
일상적인 것이기도 하다.

걷기 시작하는 시간은 저녁 아홉 시쯤.

오래된 동네를 걸으며

조숙했지만 미숙했던

여덟 살, 열네 살, 열아홉 살의 나를 만난다.

여덟 살의 너는

트램펄린을 타고 땀에 흠뻑 젖은 채로

한 손에 포도 맛 슬러시를 들고 있다.

종이컵은 흐물하고 입안은 차갑고 불량하다.

쑥: 무명의 천을 사이에 두고

아파트 단지를 지나면

열네 살의 네가

언니에게 물려받은 헐거운 교복을 입고 있다.

밑도 끝도 없이 외롭고 슬프다.

골목을 지나면

열아홉 살의 네가 자전거를 타고

미친 듯이 등교하고 있다.

교복 치마 안에는 체육복 바지를 입었다.

82 ♡

산책이 끝나갈 무렵에서야

지금의 내가 된다.

걷는 순간,
나는 과거의 내가

지금의 내가
미래의 내가 된다.

쑥: 무명의 천을 사이에 두고

각하게 될지 궁금해진다. 그때도 스스로를 기특하게 여길 수 있길 바라면서 집으로 향한다.

걷기만큼 자전거 타기를 좋아한다. 한 달에 두세 번, 날이 파랗게 좋은 날을 골라 따릉이를 빌린다. 한강을 따라 달린다. 주로 합정에서 시작해 상수를 지나 마포대교를 건넌다. 윤슬이 글썽이는 길목을 가르면 '적극적으로' 기분이 좋아지는 느낌이 든다. 여기서 한 가지 팁. 권나무의 〈자전거를 타면 너무 좋아〉를 들으며 자전거를 타보시라. 기분이 정말 좋아진다.

자, 행복이 머릿속 복잡함을 상쾌하게 쓸어갔으면 이제는 먹을 차례이다. 여의도 한강 공원 근처에 따릉이를 반납한다. 편의점에 들러 맥주와 과자를 산다. 과자는 감자 칩이나 홈런볼이 좋겠다. 푸드 트럭에서 목살바비큐도 한 접시 산다. 한강이 잘 보이는 잔디밭으로 걸어간다. 챙겨온 돗자리를 꺼내 와글와글한 사람들 사이에 펼친다. 팝─콱! 맥주 캔을 딴다. 꼴꼴꼴, 캬! 이거야, 이게 행복이다. 자전거를 타며 불타올랐던 목을 짜릿하게 적셔준다.

이렇게 낭만의 결정체를 담뿍 즐기고 돌아온다. 그후 개운하게 씻고 나른하게 잠들면, 인생 사는 거 참 별것 없다는 생각이 든다.

$$\text{ℓℓ}$$

마음이 축축한 날, 아무도 만나고 싶지 않고, 눈을 뜨니 불안과 슬픔이 함께 베개를 베고 누워 있는 날이 있다. 그런 날이면 서점에 들른다. 예전부터 서점 가는 것을 좋아했다. 독립 서점, 대형 서점 구분 없이 좋아하는데, 두 공간이 가진 매력이 다르다.

독립 서점은 어딘가 투박한 매력이 있다. 여행을 가면 그 지역의 독립 서점에 들르는 편이다. 공간은 대개 고요하고 소담하며 투박하면서도 질서정연한데, 그 분위기는 각각 다른 게 신기하다. 상대적으로 정돈된 상업 출판물들과는 상이하게, 개성 있고 자유분방한 책들이 즐비하다. 화끈하고 솔직하며 어디서도 못 들어본 주제로 글을 쓰는 작가들의 책을 구경하는 재미가 굉장하다. 글씨가 너무 작거나 크고, 종이가 너무 얇거나 두껍고, 보기에 아주 편한 디자인이 아닌 책들도 있지만, 그게 바로 독립 출판물의 매력이다.

쑥: 무명의 천을 사이에 두고

책을 구경할 때는 책이 입고 있는 번쩍거리는 옷에 휘둘리지 않고, 알맹이가 꽉찬 책을 찾으려 한다. 투박하지만 빛나는, 원석 같은 책을 발견하면 곧장 신이 난다. 책을 들고 계산대로 향한다. 더러 작가가 직접 포장한 책을 받기도 한다. 갈색 종이에 곱게 싸서 단정하게 스티커를 붙인 포장을 보면 세심한 곳까지 정성을 갈아 넣은 게 느껴진다. 괜스레 더없이 흐뭇해진다.

대형 서점에는 베스트셀러를 포함해 많은 책이 매대에 누워 있다. 어떤 책이 새로이 인기를 얻고 있는지, 서점 MD가 선정한 이번 달의 도서는 무엇인지 생생히 구경할 수 있다. 그리고 내 첫 책『무명의 감정들』이 그 사이에 둥지를 틀고 함께 누워 있다. 책을 출간한 후부터는 그 광경을 보려고 서점에 간다. 시, 소설, 인문, 취미 분야의 책을 한참 구경하다가 슬쩍 국내 에세이 코너로 발길을 옮긴다. 내 책을 읽고 있는 독자를 우연히 마주하면 얼마나 기쁠까, 생각하면서.

작가가 서점에서 자신의 책을 읽는 독자를 만나면 그 책은 대박이 난다는 설이 있다. 난 한 번도 그런 독자를 마주한 적이 없다. 그렇게나 자주 가도 내 책은 언제나 고고하게 그 자리를 지키고만 있다. 나만이 책을 일으켜 세워 내면을 살펴볼 뿐이었다. 더 열심히 써야지, 하고 씁쓸한 침을 삼키며 다시 그를 내려놓는다. 그리고 명작을 쓰러(!) 밖으로 향한다.

마지막으로, 가장 중요한 일과 중 하나는 바로 누워 있기다. 가능한 한 최대한 누워 있는다. 이불을 둘둘 말아 몸에 꽉 밀착시킨다. 손과 발만 찔끔 이불 밖으로 내밀고는 침대에서 절대 일어나지 않는다. 전을 굽듯 왼쪽 오른쪽 번갈아가며 돌아눕는다. 도파민이 가득한 영상 수백 개를 재생한다. 아주 무의미하게 시간을 흘려보낸다. 좋다.

사실 이것이 명실상부 선명한 행복이다. 걷거나, 자전거를 타거나, 서점이나 도서관에 들르고, 맛있는 것을 먹는 것도 필요한 시간이지만 이렇게 아~무것도 하지 않는 시간도 확보해야 한다. 그렇지 않으면 너무 쉽게 지쳐버린다. 행복을 위한 외출에는 언제나 물리적인 힘이 들기에, 시간이 허락하는 한 최선을 다해 누워 있는다.

누운 채 에너지를 충전한다. 또 삶을 살려 나간다. 또 다시 걷고 달리고 읽고 눕는다. 이 순환이 쌓여 인생이 된다. 음, 평안하다.

쑥: 무명의 천을 사이에 두고

김그래

그림 그리는
사람이 되었습니다

일상에서 마주치는 장면과 생각들을 만화로 기록하고 있다. 이야기와 사람을 좋아해서 잘 말하는 것보다 잘 듣는 것에 관심이 많다. 깨달음과 경험을 토양 삼아 감자나 고구마처럼 담백한 만화를 그리고 싶다. 할머니가 되어서도 그릴 수 있다면 더할 나위 없겠다. 지은 책으로 『GRE, 그래!』『그래일기』『엄마만의 방』이 있다.

그림 그리는 사람이 되었습니다 ————

매일 만화를 그리고 그 일로 돈을 벌고 있으면서도 새삼스럽게 신기하다. 모든 일을 시작하기 전에 최악의 상황부터 상상하는 사람, 눈에 띄는 새로운 가게가 생겨도 고민하다 결국 늘 가던 밥집과 카페로 걸음을 돌릴 만큼 안정을 사랑하는 사람. 이런 내가 어떻게 프리랜서 만화가로 살게 됐을까.

삶은 간혹 뜻대로 흘러가지 않고 예상치 못한 상황을 안겨주기도 한다. 그것은 대부분 곤혹스럽지만, 때로는 생각하지 않았던 기회도 안겨준다. 겁 많은 내가 프리랜서로 살게 된 계기 또한 대학교 시절에 마주한 뜻밖의 상황 덕분이었다.

김그래: 그림 그리는 사람이 되었습니다

재수해서 입학한 대학에서는 순수미술을 전공했다. 원래는 취업에 더 용이할 것 같은 시각디자인과에 가고 싶었으나 경쟁률이 높았던 탓에 합격 가능성이 높은 회화과를 선택했다. 한 학기를 보낸 뒤에 전과나 복수전공을 하면 될 터였다. 그러나 보기 좋게 전과에 실패해 예상치도 못한 사진과에 들어가고 말았다. 전과를 무를 수 없냐고 교무처에 사정해봤으나 담당 직원은 단호한 표정으로 자퇴하지 않는 이상 불가능하다고 말했다. 재수까지 하며 들어온 학교를 그렇게 나갈 수는 없었다. 전과한 과에서 한 학기를 보내면 원래 다니던 학과로 돌아가는 것은 가능하다고 해서, 울며 겨자 먹기로 사진과 수업을 듣게 되었다.

전공생이라면 버릴 만한 사진을 겨우겨우 과제로 제출하고, 온갖 심부름을 자처하며 조별 과제에 이름을 올렸다. 사진과 친구들의 도움이 없었다면 제대로 다닐 수 없었을 한 학기를 어렵게 마치고, 전공 교수님을 찾아갔다. 내가 사진과에 온 사연을 대강 알고 있던 교수님은 전과 동의서를 받고 바로 서명하지 않은 채 물었다.

"회화과로 돌아가서 졸업하면 뭐 할 거냐."

졸업해서 뭐 할 거냐니. 이제 막 입학해 학교를 고작 두 학기 다닌 대학생에게는 잔인하고 어려운 질문이었다. 아무 생각이 없었던 터라 식은땀이 줄줄 났지만, 뭐라도 답하지 못하면 동의서에 서명을 못 받을 것 같았다. 그때 문득 어디선가 봤던 일본 일러스트 전문학교가 떠올랐다.

"저 회화과 돌아가서 졸업하면, 일본 일러스트 전문학교에서 그림 배우려고요!"

그 전까지 해외에 나가보기는커녕 여권도 없었는데 왜 그런 말을 했는지는 지금도 의아하다. 그 말을 들은 교수님은 일본어는 할 줄 아냐고 물었다. 그리고 "너 그럼 일본 갈래?"라고 자연스레 덧붙였다.

제안을 받고 딱 한 달 뒤, 나는 일본으로 어학연수를 갔다. 교수님은 자신의 지인이 일본에서 어학원을 운영 중이라며, 자신의 제자들은 학비를 할인받을 수 있다고 하셨다. 그러니 일본에 가고 싶다면 그 프로그램 명단에 넣어주겠다고 제안해주신 것이었다. 우리 집 형편상 쉽지 않은 결정이었으나 저렴한 학비와 약간의 장학금 덕에 일본에 갈 수 있었다. 예정에 없던 일이었기 때문에 어학원 개강 날까지 얼마 남지 않은 짧은 시간 동안 여권 만들기

등 해야 할 모든 일을 부랴부랴 마쳤다.

떠나기 전까지는 해외여행을 다녀온 친구들의 이야기를 들을 때마다 내심 부러운 마음을 꾹 삼키곤 했다. '언젠가는 갈 수 있겠지?' 하며 막연히 미래를 그려보는 일 정도가 최선이었다. 그런데 해외에서 여행도 아닌 무려 생활을 할 수 있다니. 일 년 치 짐을 들고 일본행 비행기에 올랐을 때, 이 모든 일이 얼떨떨했지만 커다랗게 기뻤다.

그렇게 난생 처음으로 해외에 도착했다. 처음 몇 주 동안은 기숙사, 어학원, 편의점과 음식점 심지어 길바닥까지도 전부 신기해서 매일 열심히 구경하고 감탄하며 지냈다. 사진과 다닐 때 샀던 큼지막한 카메라를 어깨에 메고 유난스럽게 사진을 찍기도 했다. 그러나 모든 것은 이내 익숙해지기 마련이라, 한두 달쯤 지나니 낯설었던 것들은 전부 낯익은 것으로 변했다.

그리고 시간이 아주 많이 생겼다. 일본어가 서툴러서 아르바이트를 할 수 없었고, 친구가 별로 없으니 약속도 없었으며, 티브이를 켜도 못 알아듣는 말뿐이라 마땅히 볼 게 없었다. 어학원에서 공부한 뒤 예습과 복습까지 마쳐도 시간이 남아서 동네 구석구석을 하염없이 걸었다.

어느 날은 가만히 앉아 공원을 구경했고, 어느 날은 처음
본 어르신들과 서툰 일본어로 더듬더듬 대화하기도 했다.
한국에서의 나였다면 상상하지 못했을, 마음의 부대낌 없
이 평화로운 나날이었다.

이제 막 성인이 된 이십대 초반에는 늘 불안했다. 열
심히 헤매고 있는 나와 달리 친구들은 모두 부지런히 제
갈 길을 찾아가는 것처럼 보였다. 대학에 곧장 들어가지
못해 재수한 것도, 원하는 과에 들어가지 못한 것도, 사진
과에서 한 학기를 허비한 것도 모두 실패라고 생각했다
(이제 와서 돌이켜보면 별것도 아니지만, 그 당시에는 경험이 적어
서 사건 하나하나가 큼지막하게 다가왔다).
그런데 예상치 못하게 얼떨결에 온 곳에서 비로소 남
과 나를 떼어놓을 수 있었다. 외롭기는 했지만 그곳에서
이방인으로 지낼 때만큼은 비교할 대상이 없었다. 그래서
천천히 흐르는 시간을 오롯이 나에 대해 생각하는 일에
썼다. 그러는 동안 자연스레 불안이 잦아들었다.
그때부터 그림을 많이 그리기 시작했다. 대학입시나
학교 과제로 그림을 그리긴 했어도 자의로 그린 적은 많

지 않았다. 백 엔 숍에 가서 작은 연습장을 산 뒤, 인상적이었던 대화나 감상을 두세 컷 분량의 짧은 만화 일기로 그리기 시작했다. 이게 취업에 도움이 될지, 누구에게 보여주기에 부끄럽지 않은지를 생각하지 않고 무언가를 즐겁게 해본 것은 그때가 처음이었다. 잘해야 한다는 생각이 없으니 부담도 없었다.

연습장에 그린 그림을 휴대폰 카메라로 찍어 바로 페이스북에 올렸다. 개인 계정 대신 만든 새로운 페이지는 팔로워의 대부분이 지인이었으나, 시간이 지날수록 모르는 사람들이 늘어났다. 누군가의 댓글과 반응에 얼떨떨한 마음이 드는 동시에 많은 사람이 내 그림에 관심을 가져줘서 기뻤다. 그 기쁨의 크기만큼 성실하게 만화를 그려 올렸다.

어느 순간 그 페이지에는 많은 양의 작업물이 쌓여 있었다. 꾸준히 그린 만화를 보고 조금씩 일이 들어오기 시작하자, 그때 어쩌면 이게 직업이 될 수도 있겠다고 생각했다. 프리랜서도 만화도 잘 모르지만, 일본에서 그렸던 그림처럼 일상에서 경험하고 느끼고 생각했던 것들을 담백한 만화로 그리는 사람이 되고 싶어졌다.

사람은 각자의 인생에서 몇 번의 전환점을 맞이한다고 한다. 그렇다면 일본에서 보낸 시간은 나의 전환점이 아니었을까. 그 시간이 없었다면 겁 많은 나는 이토록 불안정한 직업을 선택하지 못했을 것이다.

사는 일이란 참 아이러니하다. 실패라고 여겼던 사건들이 또 다른 우연과 묶여 기회로 탈바꿈하기도 하고, 힘들다고 생각했던 시간 사이사이에 약간의 운과 도움이 섞여 있기도 했다. 결국 실패한 일도 성공한 일도 차곡차곡 쌓여 지금의 내가 되었다. 그 경험들이 삶을 어디로든 이끈다. 앞으로 혹시나 크게 낙심할 만한 실패를 겪더라도 대차게 슬퍼한 뒤에 이렇게 생각하고 싶다. 이것도 언젠가 도움이 되겠지? 그리고 다시 어디로든 가겠지.

돈이라는 난제

일을 시작할 무렵과 그때로부터 십 년이 지난 지금, 한결같은 크기로 어렵게 느껴지는 것은 돈이다. 내 그림 노동에 얼마의 값을 매겨야 하는지, 불안한 수입구조 안에서 어떻게 생활을 운용해야 하는지, 개인 작업과 외주 작업 사이에서 어떻게 균형을 잡아야 하는지. 돈이라는 주제를 두고는 물음표가 끝도 없이 이어진다.

일을 시작하고 나서 처음 몇 해는 외주 메일 앞에서 늘 울고 싶은 얼굴이 됐다. 초보 프리랜서에게 가뭄에 콩 나듯 오는 협업 제안이 몹시 반가웠지만, 마냥 기뻐할 수만은 없었다. 자신은 어떤 회사의 누구이며, 이런 프로젝트를 진행하고자 한다는 제안과 작업 비용을 얼마나 받는

김그래: 그림 그리는 사람이 되었습니다

지 알려달라는 요청이 담긴 메일을 받으면 그 내용을 읽고 또 읽었다. 그림값으로 얼마를 매겨야 할지 도통 알 수 없어서였다. 그럴 때면 드라마 〈가을동화〉 속 대사가 떠올랐다. 얼마면 되냐고 묻는 원빈에게 답하던 송혜교처럼 "얼마나 줄 수 있는데요? 나, 돈 필요해요"라고 답하고 싶은 심정이었다.

이 시절에는 불합리한 계약으로 말도 안 되는 작업비를 받기도 했고, 돈 대신 그 회사 제품을 받는 등 여러 실수를 거쳤다. 나중에 내 노동의 가치를 이렇게 낮게 생각할 필요가 없다는 것을 알고 나서는 속상했지만, 이미 일어난 일을 되돌릴 수는 없었다. 그래서 한숨을 크게 한 번 쉬고 적당한 외주 비용을 찾아다녔다. 일러스트레이터들의 포트폴리오 사이트인 '산그림'에서 제공하는 외주단가표를 참고하기도 하고, 일하며 친해진 동료들과 조심스럽게 서로의 작업 비용을 공유하며 적당한 금액을 알아갔다.

하지만 '적당한 금액'이라는 것은 일의 규모나 나의 역량에 따라서 언제든지 변할 수 있는 것이기에 지금도 잘 모르겠다. 여전히 외주 의뢰 메일 앞에서 모호한 얼굴로 어느 정도의 금액이 적당할지 고민하는 것은 빈도만

김그래: 그림 그리는 사람이 되었습니다

다를 뿐, 십 년 전이나 지금이나 똑같다.

돈이란 뭘까. 작업 비용 문제가 해결되면(정확히 말하자면, 해결된 것은 아니지만) 돈 문제가 끝날 줄 알았는데 아니었다. 프리랜서 생활 초기에는 몇 달에 한 번씩 외주 작업을 할 수 있었다. 그 말인 즉, 얼마 되지 않는 수입조차 드물게 발생한다는 것을 의미했다. 보통 작업비는 일을 완료한 시점의 익월 혹은 그 다음 달에 정산된다. 그러므로 프리랜서는 여러 일을 동시에 하지 않으면, 꽤 긴 시간 동안 새로운 수입 없이 생활해야 했다.

처음 일을 시작할 당시 대학에 복학해서 마지막 학기를 다니고 있던 나는, 버스비조차 없어 집에 굴러다니는 동전을 긁어모아 겨우 버스를 타고 삼각김밥으로 끼니를 때우고는 했다. 이따금 삼각김밥과 학식 사이에서 고민하고 있으면 친구들이 밥을 사주었다. 그럼 나는 "아유, 젊은이가 참 호방하네" 하고 농담을 던졌다. 친구들과 나 모두 비슷하게 곤궁한 처지였기에 작업비가 들어오는 날에는 나도 그들에게 호방하게 밥을 사줄 수 있었다. 서로가 서로를 가엾게 여겨 끼니를 굶지 않고 웃을 수 있던 시절이었다.

　　그러나 대학을 졸업한 뒤로 곤궁함의 끝은 웃음이 아니었다. 학교라는 소속이 없어지고 사회인이 되고 나니 들쑥날쑥한 수입은 불안으로 다가왔다. 매달 나가는 생활비에 저축도 해야 했고, 함께 사는 강아지인 또미와 마루를 챙기려면 많은 돈이 필요했다.

　　겨우내 맞이할 기근이 두려웠다. 내게 오는 외주 작업의 대부분은 연초에 짜인 홍보 예산 안에서 이루어지는 편이라, 거래처에서 일 년치 비용을 다 써가는 연말에는 자연스레 일감도 줄어든다. 일이 없으니 수입도 줄어들고 수입이 없으니 모아두었던 돈을 쪼개고 쪼개어 겨울을 보내야 했다. 나는 이 시기를 '겨울 기근'이라 불렀다. 프리랜서 초기에는 계절별로 수입의 변화를 체감할 만큼 일이 많지 않아서 겨울 기근의 존재를 잘 몰랐다. 그러나 졸업 후에 일이 조금씩 느는 동시에 책임질 게 많아지고 나니 이 겨울 기근을 대하는 마음가짐이 달라졌다.

　　작업 의뢰 메일에 '시켜만 주십시오. 뭐든지 할 수 있습니다' 모드로 회신했다. 제안받은 일을 모두 수락한 다음, 새벽까지 일하다가 아침 해를 보고 잠드는 날이 늘어

김그래: 그림 그리는 사람이 되었습니다

났다. 이렇게 쉬지 않고 일하면 겨울 기근을 대비할 수 있을 것 같았다. 다만 너무 열심히 했기 때문일까. 통장 잔고가 느는 대신 개인 작업량이 눈에 띄게 줄었다.

외주 작업은 돈으로 묶인 약속이라 꼬박꼬박 마감을 지켰지만, 개인 작업은 스스로와의 힘없는 약속이라 '이번 주는 해야 하는데' 하며 미뤄지기 일쑤였다. 짧게는 몇 주, 길게는 한 달까지 개인 만화를 그리지 못하는 날이 이어졌다. 그러다 문득 머릿속에 '나는 뭘 하고 싶어 했던가?'라는 질문이 떠올랐다.

일을 많이 하고 있어도 다음 일이 없을까 봐 불안하고, 일이 없으면 없어서 불안한 게 프리랜서의 숙명이다. 어떻게 하면 일 앞에서 덜 불안해질 수 있을까. 돈이 어느 정도 있어야 만족하고 또 어느 정도 없어야 불안한 걸까. 생각 끝에 내린 결론은 나는 돈과 일에 대한 기준이 막연한 사람이므로, 이 불안을 해결하기 위해서는 스스로 정확한 기준을 세워야 한다는 것이었다. 연습장을 펴고 매달 고정비와 생활비가 얼마나 나가는지 적었다. 그것을 기준 삼아 수입이 전혀 없다고 가정했을 때, 열두 달 동안 버틸 수 있는 금액은 얼마인지 계산했다. 그리고 연평균 소득을 참고해서 일 년의 목표 수입 금액을 정하고 세 항목으로 분류했다.

    1. 불안하지 않아도 되는 구간
    2. 조금만 불안해도 되는 구간
    3. 큰일 난 구간

첫 번째 항목은 일이 한꺼번에 몰리기도 하는 프리랜서의 특성상 생각보다 빨리 일 년 목표 금액에 가까운 돈을 벌었다는 가정이다. 이 경우, 무리해서 더 많은 외주 작업을 하기보다 개인 작업에 더 집중하기로 마음먹었다. 두 번째 항목은 수입 활동이 비교적 순항하고 있으니 외주와 개인 작업의 비중을 반반으로 두는 것이고, 세 번째 항목은 수입이 너무 적으니 수입을 낼 수 있는 일에 총력을 다하는 것이다. 이렇게 세 항목으로 나눠두고 나니 막연한 불안이 약간은 줄어들었다.

프리랜서로 일한다는 것은 돈 버는 자아와 작업자로

서의 자아가 나란히 어깨동무를 하고 걷는 일인 것 같다. 외주 작업 폴더에 비해 듬성듬성한 개인 작업 폴더를 볼 때면 돈 버는 일만큼이나 내 개인 작업을 하는 시간도 몹시 중요하다는 것을 깨닫는다. 이 일을 오래 하려면 양질의 내 이야기가 필요하니까.

앞으로 나이가 드는 동안 변화한 것, 깨달은 것, 새로 느낀 감정이나 우연히 발견한 다정하고 아름다운 순간들을 만화의 형태로 잘 기록하며 살고 싶다. 불안 속에서도 열심히 일하면서 기록하기를, 잊지 않고 사부작사부작 해낼 수 있기를. 같이 어깨동무를 하고 열심히 돈을 벌어다 주는 내게 기대어 만화를 열심히 그려보기로 하고 다시 펜을 쥔다.

그림 그리는 할머니가 될 수 있을까

'내가 언제까지 이 일을 할 수 있을까.'

이따금 바닥에 누워 천장을 보며 생각한다. SNS에 만화를 그려 올리기 시작한 이후로 가끔 인터뷰에 응할 일이 생겼다. 만화를 언제 어떻게 시작했는지, 평소 어떤 일상을 보내는지, 나만의 작업 루틴이 있는지와 같은 물음 끝에는 꿈이 무엇이냐는 질문이 자주 붙었다. 그럼 언제나 같은 대답을 했다.

"그림 그리는 할머니가 되고 싶어요."

구체적이고 뚜렷한 형태를 가진 꿈을 이야기하기에는 아는 게 많이 없기도 했거니와 그런 목표는 너무 어렵고 거창하게 느껴졌다. 그에 비해 그림 그리는 할머니가 되는 일은 오랫동안 꾸준히만 하면 자연스럽게 될 수 있을 것 같았다. 그러나 이 일을 십 년 넘게 하면서 깨달았다. 오랫동안 꾸준히 해서 그림 그리는 할머니가 되는 것이야말로 가장 어려운 꿈이라는 사실을.

어릴 때부터 많은 만화책을 보고 자랐다. 좋아하는 작가의 신간을 사기 위해 몇백 원씩 받던 용돈을 꼬박꼬박 모을 만큼 만화책을 좋아했다. 새 만화책을 사면 꼭 맨 뒤에 적힌 작가 근황을 먼저 읽었다. 동경하는 그들이 몇 달간 어떻게 지냈는지 몹시 궁금해서였다.

대부분의 근황은 "마감에 시달리고 있습니다"와 같은 내용이었고, 그와 함께 떡지고 부스스한 머리에 뺑글뺑글한 안경을 쓴 작가의 자전적인 인물 그림이 함께 실려 있었다. 캐릭터가 크게 프린팅된 티셔츠를 입고, 숙제와 알림장이 담긴 책가방 따위는 방 한구석에 처박아둔 어린이 독자에게는 그 모습조차 멋져 보였다. 그 모습을 보며 미래의 내가 작가가 되어 마감에 시달리고 있는 장면을 상상해보고는 했다.

오랜 시간이 지나 어른이 된 나는 어린 내가 꿈꾸던

모습을 얼추 이루었다. 언제나 부스스한 머리를 틀어 묶고, 안경을 쓴 채 마감에 괴로워하고 있으니까……. 만화 그리는 일을 해보니 즐거울 때가 훨씬 많지만 괴로울 때도 잦다. 내 만화가 별로여서, 글이 잘 써지지 않아서, 일이 없어서 혹은 일이 너무 많아서, 팔로워 숫자에 연연하고 싶지 않은데 연연하게 돼서, 남의 작업물이 너무 '기깔'나서 그리고 내 작업물을 다시 보니 더 별로여서 괴로워한다.

이렇게 괴로운 이유가 차고 넘치는데도 만화를 그만 그리고 싶다거나, 더는 못 그리겠다고 생각한 적은 없었다. 열심히 만화를 그리던 이십대 때는 유난히 슬프거나 우울한 날이 많아서 늘 하고 싶은 말이 많았다. 답답하거나 억울하거나 우울한 순간에 느낀 감정을 만화로 그리기 위해 쭉 글을 쓰고 그림으로 옮겨 두면 어느새 마음이 괜찮아지곤 했다.

그 과정을 통해 스스로의 감정을 돌아보고, 정리된 결과물까지 만들어낼 수 있었으니 만화를 그리는 일은 곧 어려운 마음으로부터 도망칠 수 있는 도피처이자 불안을 해소하는 수단이 되었다. 그렇게 불안을 연료 삼아 만화를 그렸다.

하지만 시간이 흐르면 많은 것이 변한다고 하지 않던가. 언제나 불안을 껴안고 살 줄 알았는데, 나도 나이가 들면서 다행히도 조금씩 변했다. 시간이 흐를수록 나 자신에 대해 아는 게 많아졌다. 좋아하는 것과 싫어하는 것, 취약한 것과 의연한 것을 발견해가며 점점 막연한 무서움과 불안이 줄었다. 스스로의 감정과 마음을 잘 돌보려는 경험이 쌓이다 보니 나에 대한 믿음이 생기기 시작했다. 또, 본가에서 독립하면서 정서적으로 큰 안정을 찾았다. 대부분의 일상이 편안했고, 행복하다고 자주 느꼈다. 더없을 평화가 계속되었다.

그러나 평화가 길어지자 한편으로 막막해졌다. 이전까지는 늘 불안을 연료로 작업했는데 갑자기 아무 일 없는 평온한 일상이 이어지는 게 낯설었다. 이러한 일상에서 무엇을 길어낼 수 있을지 알 수 없었다.

생활인으로서의 나는 안정을 찾았지만, 작업자로서의 나는 길을 잃은 기분이었다. 그러자 점점 '나는 불안하고 힘들어야만 그림을 그릴 수 있는 사람인가?'라는 생각이 따라붙었다. 십 년 넘게 이 일을 해오며 수입이 없어서 일하지 못하는 상황은 자주 상상했으나, 하고 싶은 말이 없어서 일을 못하는 상황은 상상해본 적 없었다. 그리지 못하는 날이 늘어갈수록 언제까지 이 일을 할 수 있을지 고민하는 날이 늘어났다.

답답함을 안고 제일 친한 친구에게 고민을 털어놓았다. 대학생 때부터 나를 봐왔던 그는 곰곰이 생각하더니 말했다.

"삼십 년 동안 불안한 마음으로 살다가 이제 고작 일이 년 안정적으로 살아본 건데, 당연히 어색하지 않을까? 아직은 이 상태가 익숙하지 않아서 낯가리느라 네 일상에서 소재를 못 찾는 걸 수도 있잖아. 시간이 지나면 안정적인 삶 속에서도 하고 싶은 말이 생길 거야."

친구의 말에 그동안 고민했던 것이 무색해졌다. 당연히 그럴 수 있다는 말과 함께 마음이 평온해지는 듯했다. 삶에서 처음 맞이하는 상황과 그 안에서의 내 모습이 어색해서 혼란스러워하기 바빴는데, 그의 말은 내게 진정하라고, 심호흡을 해보라고 말해주는 것 같았다.

언제까지 이 일을 할 수 있을까. '그림 그리는 할머니'가 되고자 했던 꿈은 오랫동안 의자에 엉덩이를 붙이고

김그래: 그림 그리는 사람이 되었습니다

버티고 있는 모습과 닮았다고 생각했지만, 어쩌면 평균대 위에서 끊임없이 균형을 잡는 모습과 더 닮았는지도 모르겠다.

외주 작업이 너무 많아서 내가 그리고 싶은 작업을 못 한다면 외주 일정을 적당히 조절해야 하고, 일이 너무 없어서 수입이 적다면 상품을 제작하거나 개인 작업을 더 열심히 해서 나를 알려야 한다. 내 작업물이 너무 별로인 것 같아 힘들 때면 그림과 글공부를 더 해보거나 타인과 비교하게 만드는 SNS에서 멀어져야 하며, 삶이 불안하다고 느껴진다면 불안 요소를 생각해본 뒤 할 수 있는 범위 내에서 차근차근 그 요소를 제거하면 된다. 일상이 너무 안온해서 그리고 싶은 소재가 떠오르지 않는다면 이 일상 속에서도 소재를 길어낼 수 있는 다정하고 촘촘한 시선의 뜰채를 만드는 연습을 하면 된다.

이 밖의 수많은 변화 속에서 계속 균형을 이루며 사는 것이야말로 '할머니가 될 때까지 꾸준히 그림 그리기'의 실체인 것 같다. 과거에 손쉽게 내뱉었던 그 꿈이 비로소 가장 어려운 꿈이었음을 매일 체감한다.

세상의 모든 것이 숨 가쁘게 변한다. 그만큼이나 개인의 삶도 변화무쌍한 날들이 점차 많아질 것이다. 내가 그 속도를 잘 따라갈 수 있을까. 지금도 도처에 깔린 변화들 탓에 평균대를 아슬아슬 타는 중이건만, 미래에 마주할 변화까지 무사히 통과하며 그림 그리는 할머니가 될 수 있을지는 미지수다.

몹시 막막해서 겁날 때도 있지만, 일단은 계속해보고 싶다. 내 그림과 글이 유독 별로인 날에도 아무리 생각해봐도 자신이 없어서 포기하고 싶어지는 날에도 마침내 다가올 어느 미래를 상상해본다. 그럼에도 불구하고 계속 그림 그리는 할머니가 된 내 모습을.

김그래: 그림 그리는 사람이 되었습니다

이따금, 하얀 모니터 앞에
앉기 두려워질 때면

가만히 어떤 이들을 떠올린다.

각자의 밭터에서 매일을 보낼,

고단한 몸과 마음을 둘러맨 채

그럼에도 불구하고
매일을 여는 사람들을.

그 모습을 생각하면

어쩐지 용기가 태어난다.

내 일터에는 동료가 없지만

나는 종종 그들을 등불 삼으며
책상 앞에 앉는다.

그림과 글 앞에서
거듭 낙담할 수 있겠으나

그럼에도 불구하고.

무용한 취미를 가지는 일 ——————

책상 앞에 앉으면 한숨이 푹푹 쉬어진다. 좋아하는 일을 하며 살고 있지만, 그 일이 잘해야만 하는 일이 되어서일까. 몇 번의 생계 곤란과 그로 인해 생긴 불안들이 그림 그리는 손을 머뭇거리게 할 때, 매일 출근하는 네 평 남짓한 작업실은 세상에서 가장 괴로운 공간이 됐다.

작은 네모 공간 안에 앉아 모니터 위 하얀 네모를 앞에 두고 한숨 쉬는 날이 많아졌다. 이 일로 돈을 벌어 나를 먹여 살리려면 계속해서 양질의 것을 만들어내야 했다. 그런데 더 잘하고 싶다고, 잘해야 한다고 생각한 뒤로 그림을 그리는 것도, 글을 쓰는 것도 마음처럼 되지 않았다.

그만 괴롭고 싶을 때는 영화를 보거나 책을 읽었으나

김그래: 그림 그리는 사람이 되었습니다

가끔은 그마저 타인이 만든 멋진 세계에 감탄하며 주눅이 들었다. 여러 부정적인 감정으로 빚어진 시끄러운 마음은 환기될 기미 없이 작업실 안을 가득 메웠다. 얼마나 더 버텨야 이 마음이 지나갈지, 앞으로 얼마나 더 잦게 슬픔이 찾아올지 가늠되지 않았다. 일할 때나 일하지 않을 때 모두 잘하고 싶은 마음과 연결하지 않으면서 편안하게 있을 수 있는 곳이 없었다. 갈 수 있는 곳이라고는 집과 작업실뿐. 그 속에서 나 자신이 자꾸만 곪아가는 것 같았다. 숨 돌릴 곳이 필요했다. 그렇게 무엇이라도 해야 한다며 시작했던 것이 바로 클라이밍이었다.

홍대입구역을 오갈 때 자주 보던 클라이밍 센터를 방문해 친구와 함께 초급반 수업을 등록했다. 카운터 벽에는 센터의 강사진 사진이 붙어 있었는데, 그들은 어째선지 다들 상의를 벗은 채 정면을 향해 어색한 미소를 짓고 있었다. 프로필사진만큼이나 센터의 냄새, 풍경, 사람들 모두 낯설어서 한참 실내를 구경했다. 반소매나 민소매를 입은 사람들이 벽에 붙은 돌을 잡고 위로 오르고 있었다. 그들 뒤로 인조 잔디 위에 앉은 사람들이 벽 쪽을 향해 외쳤다. "나이스! 나이스!" "가자! 가자!"라고 응원하는 사람들을 보자, 그 사람들 틈에서 나도 잘 갈 수 있을 것만 같았다.

처음 클라이밍을 한 날, 클라이밍의 칼로리 소모량이 왜 높은지 바로 이해했다. 이 운동은 내 몸무게를 격하게 체감하게 만들었다. 뒤에서 볼 때는 그저 쉽게 오르면 된다고 생각했는데, 언제나 실전은 생각과 달랐다. 처음 봤을 때 돌이라고 생각했던 것의 이름은 '홀드'였다. 같은 색의 홀드를 손으로 잡거나 발로 디뎌서 시작 홀드부터 완등 홀드까지 도달하는 것이 클라이밍의 기본 규칙이다. 바닥 쪽으로 경사가 기울어진 벽에 붙어 내 몸무게를 버티고 있다 보면 지구의 중력이 온몸으로 느껴졌다.

손으로 잡을 때 많은 악력을 요구하는 까다롭게 생긴 홀드를 쥐거나, 홀드와 홀드 간의 거리가 멀어 점프를 해야 할 때면 무서워서 땀이 절로 났다. 내 등 뒤에서 다음 동작을 설명해주는 선생님의 말이 너무나 멀게 느껴졌다. 운동이 끝나고 보니 손바닥이 빨갛게 붓고, 팔과 어깨가 욱신거렸다. 내 몸에 이런 근육이 있나 싶은 곳에까지 통증이 느껴졌다. 수업이 끝나면 몸이 너덜너덜하게 느껴

김그래: 그림 그리는 사람이 되었습니다

슈웅—

상상만 해도
땀나…

졌지만, 오랜만에 몸과 마음이 개운해짐을 느꼈다. 그 뒤로 매일 기쁜 마음으로 클라이밍 센터를 드나들었다.

벽에 오르는 날이 늘어날수록 몸이 단단해지는 게 느껴졌다. 늘 말랑하기만 하던 팔에 근육이 붙고, 배와 어깨에도 이전보다 더 힘이 붙었다. 근육이 생기면서 점점 어려운 문제를 풀 수 있었고, 경험이 쌓일수록 정확한 기술과 동작을 알게 되니 자연스레 실력도 늘었다. 때때로 발목을 다치거나 손바닥 피부가 뜯기기도 했지만, 시간이 지나 인대가 낫고 살이 차오르면 다시 홀드를 잡았다.

한 동작 한 동작 홀드를 옮겨 쥐며 비로소 완등 홀드에 두 손을 포갰을 때 느끼는 성취감은 이전에 한 번도 느껴보지 못한 종류의 감정이었다. 겁이 많아서 뛰거나 몸을 던지는 동작이 포함된 문제는 절대 시도하지 않는 종류였는데, 어느 순간 근육과 함께 실력도 붙은 나를 신뢰하기 시작하면서 조금씩 시도해보는 일이 잦아졌다. 매일 작업실로 출근해 얼마 움직이지 않고 말도 거의 하지 않던 나는, 클라이밍을 하면서 평소의 오십 배쯤 더 많이 움직이고 딱 그만큼 더 자주 웃었다. 괴로웠던 마음에도 새로운 바람이 들었다.

김그래: 그림 그리는 사람이 되었습니다

클라이밍을 시작한 지 벌써 육 년이 훌쩍 지났다. 괄목할 만한 성장을 이루지는 못했으나, 지금까지 질리지 않고 오랫동안 운동을 해왔다는 것에 때때로 놀란다. 자는 시간을 빼면 온통 자잘한 걱정과 불안으로 하루를 채웠었는데, 이제 운동하는 시간만큼은 그 감정들로부터 한 발짝 떨어져 있다. 틈이 생긴 것이다.

일로부터 완전히 숨 돌릴 수 있는 무용한 취미. 좋아하는 영화를 보거나 책을 읽을 때조차 다른 이의 세계와 비교하며 일을 떠올리고 마는 내가 유일하게 편안할 수 있는 취미. 운동을 하다 보면 이따금 잘하고 싶다는 마음이 필연적으로 따라오지만, 그때마다 이것은 잘하지 않아도 괜찮다는 사실을 떠올린다. 이 점이 나를 안심하게 만든다. 빼곡한 일상에 건강한 틈을 채우는 일이 오래도록 계속되기를 바라며, 내일 암장에 메고 갈 가방에 암벽화를 챙긴다.

요리왕으로 거듭나다

최근 몇 년 사이 요리왕으로 거듭났다. 솥밥을 시작으로 각종 국과 파스타, 김밥에 덮밥까지……. 이제 그럴싸한 한 끼 정도는 뚝딱 만들어내는 사람이 되었다. 김이 모락모락 나는 솥밥 한 숟갈 위에 잘 구운 고등어를 얹어 입에 넣으며 '어쩌다가 이렇게 됐을까'라고 생각했다.

앞서 말했듯, 작업하기 힘든 날에는 주로 클라이밍을 했다. 그러나 해야 할 일이 듬뿍 쌓였을 때는 그마저도 부담이 됐다. 제일 가까운 암장 기준으로 오고 가는 시간 한 시간, 운동하는 시간 두세 시간을 합치면 도합 서너 시간이 운동하는 데 소요된다. 여기에 외출 준비하는 시간과 돌아와 씻는 시간을 더하면 적지 않은 시간이 쓰이다 보니 바쁜 일정을 소화할 때는 클라이밍할 시간을 끼워 넣기 힘들었다.

부지런하게 움직이면 어떤 일정이어도 운동할 수 있겠지만, 안타깝게도 나는 부지런함과는 거리가 먼 사람이었다. 그렇게 할 일은 쌓여 있고, 운동한 지는 오래됐고, 일하기 괴로운 마음이 스멀스멀 올라올 때면 의자에서 벌떡 일어나 장을 보러 갔다.

걸어서 삼 분 거리의 대형마트에서 진미채, 어묵, 시금치, 감자를 사왔다. 본격적인 요리를 하기에 앞서 유튜브에 백종원 선생님의 레시피를 검색했다. 영상을 찾을 때 진짜 그의 레시피가 아니어도 '백종원 레시피'라는 제목을 쓰는 경우가 있기 때문에 유의해서 봐야 한다. '맛있는 김치찌개 만들기'와 '백종원 김치찌개 만들기'가 동의어처럼 쓰이는 인터넷 세상에서 이제 그의 이름은 고유명사보다는 부사로서 기능을 하게 된 듯하다.

준비한 재료를 꼼꼼히 손질한 뒤 레시피에 따라 볶고, 무치고, 조렸다. 금세 네 가지의 반찬이 가지런히 식탁에 올랐다. 진미채볶음과 어묵볶음은 맛있게 잘 되었고, 감자조림은 짰다. 나물무침은 시금치를 너무 오래 데쳐서

식감이 물컹했다. 4개 중에 2개가 별로이니 아쉬운 마음이 들 법도 한데 오히려 속이 시원했다. 내가 직접 만든 밑반찬이 어떤 것은 잘됐고 어떤 것은 좀 별로라는 결과를 정확히 알 수 있어서였다. 잘된 것은 잘돼서 좋고, 별로인 것은 나중에 다시 잘 해보면 된다. 이 단순한 사실이 편안하게 느껴졌다.

만화를 그리다 보면 결과물이 괜찮은지 아닌지 판단이 잘 안 될 때가 많다. 수학 문제처럼 정답이 있는 것도, 점수를 매길 수 있는 채점표가 있는 것도 아니라서 그저 그린 만화를 읽고 또 읽는 수밖에 없다. 그런데 또 너무 오래 그것만 보고 있으면 객관성을 잃는다. 그럴 때는 하루 뒤에 새로운 눈으로 다시 본다. 그러면 객관적인 시선으로 볼 수 있게 되기도 하니까. 그러나 높은 확률로 여전히 판단이 서지 않아 한숨만 푹푹 쉬는 경우가 많다.

그래서 요리처럼 성공과 실패를 그 자리에서 명확히 알 수 있는 행위가 안도감을 준다. 이렇게 잠시 내 일을 외면했다 돌아오면, 보이지 않았던 부분이 보이기도 하고 내가 그린 그림에 대한 확신이 서기도 한다.

김그래: 그림 그리는 사람이 되었습니다

이유야 어찌 됐든, 이제는 요리를 진심으로 즐겨 한다. 처음 장 볼 때는 날마다 채솟값이 바뀐다는 사실을 몰랐는데, 이제는 오이와 대파, 무와 같이 자주 사는 채소가 오늘은 싼지 비싼지 알 수 있게 됐다. 동시에 마트 매대에 올라오는 제철 식재료를 구매하며 바뀐 계절을 감각하게 되었다.

봄에는 참나물과 달래를 무치고, 여름에는 아삭한 오이와 함께 찜기에 쪄내 한 김 식힌 호박잎쌈을 자주 먹는다. 가을에는 꽃게탕을 끓이고, 겨울에는 달큰한 겨울 무를 조려 먹는다. 이처럼 계절마다 좋아하는 제철 식재료가 생겼다. 제법 요리를 좋아하는 사람처럼 느껴져 뿌듯하다. 이렇게 직접 만든 음식을 그릇에 예쁘게 플레이팅까지 하고 나면 근사한 걸 만들어냈다는 성취감도 든다.

종종 친구들을 초대해 함께 식사를 한다. 전에는 주로 배달 음식을 시켜 먹었으나 지금은 그들에게 맛있는 밥을 해먹일 수 있다. 큼지막한 솥에 윤기가 좌르르 흐르는 찰진 밥을 짓고, 그 위에 볶은 버섯과 잘게 썬 실파를 얹는다. 국물이 자작한 불고기를 식탁에 올리고 잘 익은 배추김치와 나물 몇 가지를 곁들인다. 다 차려진 상을 보고 호들갑스럽게 감탄하는 친구들과 그 칭찬을 짐짓 모르는 체하는 내가 마주 앉아 밥을 먹는다.

밖에서 저녁을 먹으면 식당의 마감 시간에 맞춰 헤어져야 하므로 수다쟁이인 나와 친구들은 늘 헤어짐이 아쉬웠다. 그러나 집에서 밥을 먹으면 마감 시간이 없으므로 느긋하게 떠들 수 있다. 요즘 어떻게 지냈는지, 어떤 사람을 좋아하게 됐는지, 회사 혹은 일이 얼마나 우리를 괴롭게 만드는지와 그 와중에 무얼 재밌게 봤는지 실컷 이야기를 나눈다. 바닥이 보이는 접시와 함께 배는 든든하고, 끝이 보이지 않는 수다와 함께 잔뜩 웃는 시간을 보낸다. 그러고 나면 다시 책상 앞에 앉아 괴로워도 괜찮을 마음이 생긴다.

아끼는 사람이 끼니를 거르지 않기를 바라는 마음은 자주 가졌으나 나를 먹이는 일은 긴 시간 소홀히 여겼었다. 밥때를 놓쳐서 기운을 잃고, 급하게 욱여넣은 인스턴트 음식 탓에 속이 불편했던 날을 보내면서도 내 몸을 잘 챙길 생각은 못 했다. 괴로움을 외면할 요량으로 시작했던 요리는 어느새 나 자신에게 좋은 음식을 먹이며 스스

김그래: 그림 그리는 사람이 되었습니다

로를 잘 돌볼 수 있게 만들어주었다.

일하는 나와 일하지 않는 나를 반듯하게 구분할 수 있을까? 작업자로서의 고단함이 생활자인 나에게도 영향을 미치고, 일상을 잘 돌보지 않으면 작업하는 데에도 영향이 간다. 서로 밀접하게 연결된 이 두 가지를 앞으로도 잘 해내고 싶다. 비록 앞으로도 자주 혼란스럽고 때로는 지치기도 하겠지만, 그때마다 끼니를 잘 챙겨 먹고 사랑하는 사람들과 잔뜩 울고 웃기를 소망하며, 따뜻한 밥을 짓듯 내 만화도, 삶도 정성 들여 짓고 싶다.

비록 요리가

일로부터 도망칠
핑계였을지라도,

정성껏 차린 밥상은

♡ 137

김그래: 그림 그리는 사람이 되었습니다

후후

내가 나를

합!

아끼는 방법이었다.

생은 길고 지난하겠으나

사는 동안

김그래: 그림 그리는 사람이 되었습니다

잘 먹이고,

잘 울고 웃으며

정성껏 살고 싶다.

사랑의 이름은 복슬복슬한 털뭉치

사랑은 원래 눈에 보이지 않지만 어떤 사랑은 또렷하게 보이기도 한다. 그것의 형태는 하얗고 보드라우며, 까만 점 세 개를 가진 동시에 고소한 냄새가 날 것이다. 그리고 반드시 고구마를 좋아할 것이다. 그 사랑은 지금도 내 옆에서 간식을 보채는 반려견 또미와 마루의 또 다른 이름이다.

사람 한 명과 개 두 마리가 함께 사는 우리 집은 대체로 평화롭고, 종종 큰 소리가 난다. 그 소리는 겁 많고 예민한 강아지인 마루가 안아달라며 짖는 소리이거나, 어떻게 너희가 하고 싶은 대로 다 하고 사냐며 그럴 수는 없다고 대꾸하는 내 타박 소리 중 하나다. 그 옆에 앉은 또미는

김그래: 그림 그리는 사람이 되었습니다

둘 다 왜 저러는지 모르겠다는 눈을 하고 나와 마루를 멀뚱히 바라보고 있다. 우리는 집안 어디서든 평소 이와 비슷한 모양으로 삼각형을 이루고 있다.

또미가 우리 가족이 된 것은 지금으로부터 십삼 년 전이다. 아직 본가에 살던 시절, 어느 날 갑자기 아빠가 밖에서 강아지 한 마리를 데려왔다. 자주 가는 장어구이 집 강아지가 새끼를 낳았는데 마지막 한 마리가 아직 주인을 찾지 못했다며, 마침 너희도 강아지를 좋아하니 데려왔다고 했다. 집에 있던 엄마와 나는 상의도 없이 강아지를 덜컥 데려오면 어떡하냐고, 다시 돌려주라고 말했으나 아빠의 고집은 단호했다. 결국 그 작고 하얀 털뭉치는 '또미'라는 이름을 얻어 함께 살게 됐다.

가족 모두가 강아지와 처음 살아봐서 갑자기 생겨버린 생명체를 어떻게 대해야 할지 아무도 몰랐다. 네 명 다 돌보는 모양새가 어색했다. 그 와중에 나는 대학교 일 학년 생활을 정신없이 마치고 곧장 어학연수를 떠난 탓에 또미와 친해질 시간조차 없었다. 어학연수를 마치고 돌아왔을 때 또미에게 나는 먼 친척, 그중에서도 얼굴은 한두 번 보긴 했는데 이름은 도통 모르는 사람 정도로 느껴지지 않았을까.

내가 데면데면했을 또미에게는 안타까운 일이지만, 그 후로 나는 이 년 동안 하루종일 집에서 일했기 때문에 또미와 가장 많은 시간을 보내는 사람이 되었다. 함께 산책하고, 밥과 간식을 챙겨주면서 우리의 사이도 점점 가까워졌다. 원래 또미는 언제나 남동생 옆에 붙어 있을 만큼 그를 가장 좋아했지만, 어느 날부터는 당연히 내 방에서 잤다. 하얗고 작은 강아지가 늘 곁에 있는 게 당연해진 것은 나도 마찬가지였다.

또미는 세 살이 되던 해에 임신과 출산을 겪었다. 그때 또미가 낳은 두 마리 중 한 마리는 친한 언니가 키우게 되었고, 유난히 겁이 많아 낯선 사람이 보이면 숨어버리던 다른 한 마리는 우리와 함께 살게 되었다. 그 강아지는 지금 내 옆에서 열심히 짖고 있는 또 다른 강아지, '마루'이다.

마루와 같이 살게 된 이후로 또미와 둘이 하던 산책을 셋이 하고, 함께 낮잠을 잤다. 훗날 작업실을 구하고 나서는 셋이 함께 출근했다. 간혹 마음처럼 되지 않는 일 때

김그래: 그림 그리는 사람이 되었습니다

문에 힘들어하면 또미와 마루가 북실북실하고 귀여운 엉덩이를 내 엉덩이에 착 붙이는 덕에 피식 웃으며 기운을 낼 수 있었다.

실패한 인간관계 때문에 낙심했을 때도, 해야 할 마감이 산처럼 쌓여 새벽까지 모니터 앞에 앉아 있을 때도, 세상에 혼자 남은 것처럼 외로워지던 날에도 그 둘은 언제나 내 옆에 있었다. 개를 사랑해본 사람은 안다. 개의 세상에서 나란 존재가 얼마나 단일한지, 내가 구리고 지질하고 심지어 치사할 때도 개가 주는 사랑이 얼마나 변함없는지 말이다.

몇 해 전, 새로운 집을 얻어 본가에서 독립했을 때 자연스럽게 또미와 마루는 나와 함께 독립했다. 아주 오랫동안 내가 주 보호자였으므로 남은 가족들도 당연하다고 생각해주었다. 우리 셋은 처음으로 갖게 된 오롯한 내 공간에서 함께 일상을 꾸렸다. 작업실에서든 침실에서든 거실에서든 둘은 언제나 오도도 내 발끝을 따라와서는 나와 가까운 곳에 풀썩 자리 잡는다. 일 인분이던 책임의 크기는 자연스럽게 커지고, 둘 없는 일상은 이제 상상할 수 없게 되었다. 이 사실이 가끔 신기하다.

그러는 사이 또미는 열세 살, 마루는 열 살이 되었다. 언제까지나 아기일 것만 같던 둘은 이제 병원에 가면 노견 축에 속한다. 예전에 비해 잠이 늘었고, 노화로 인해 눈이 조금씩 하얘지고 있다. 아픈 곳이 많아져서 매일 먹는 약이 한 포에서 두 포로 늘었다. 병원에서 두툼한 약봉지를 타올 때마다 이 둘의 나이를 실감하게 된다.

산책하다가 만나는 사람들 중 몇몇은 또미와 마루를 바라보며 "몇살이에요?"라고 묻는다. 둘의 나이를 말해주면 아직 아기 같은데 나이가 그렇게 많냐며 놀란다. 또 그중 몇몇은 우리와 속도를 맞춰 몇 걸음 더 나란히 걸으며 또미와 마루를 좀 더 오래 본다. 그리고 자기가 키웠던 강아지와 닮았다고, 딱 요만하고 하얀 개였다고 말한다. 그렇게 말하는 사람들의 속눈썹 끝에는 그리움이 주렁주렁 달려 있다. 열여섯, 열아홉, 열일곱, 열다섯. 산책하며 들은 누군가의 하얗고 복슬복슬한 강아지들이 세상을 떠난 마지막 나이. 그것을 들을 때마다 그들이 함께 보냈을 시간과 풍경을 상상해본다.

나도 언젠가는 속눈썹 끝에 그리움을 주렁주렁 달고 이 두 강아지를 그리워하게 될까. 우리에게도 이별은 피할 수 없는 일이겠으나, 그 순간을 상상하면 목구멍에 큼지막한 돌이 낀 것처럼 아프다. 무엇이든 가지기도 전에 잃을 생각부터 하는, 잃을까 봐 갖는 것조차 겁내는 내가 어쩌다가 너희를 이렇게 사랑하게 된 걸까. 생각의 끝은 언제나 눈물 바람이라 옷깃으로 슥슥 눈물을 닦고 또미와 마루의 밥을 챙긴다.

　둘은 맛있는 츄르와 상대적으로 맛없는 사료를 섞어 주면 츄르만 핥아먹고 사료 알갱이는 퉤 하고 뱉는다. 이 모습을 목격하면 방금까지 눈물을 흘렸다는 사실 같은 건 순식간에 까먹고 "누~~~가 이렇게 얌체같이 밥을 먹냐. 누구 강아지가 이렇게 얌체야~~~!"라고 말한다. 그렇게 말하면 슬쩍 눈치를 보고는 잘 먹는 척하다가 이내 또 츄르만 먹고 사료는 퉤 뱉는다. 그걸 보면 어이없어서 이내 웃음이 터지고 만다.

　너무 슬퍼질 미래는 우선 눈감기로 하자. 또미와 마루랑 함께 사는 일상이 귀여워서 웃었다가, 화냈다가, 슬퍼했다가 웃기를 반복하기에도 바쁘니까. 2.3킬로그램,

김그래: 그림 그리는 사람이 되었습니다

3.2킬로그램의 하찮은 몸무게를 가지고선 내 삶에 묵직하게 자리 잡은 둘. 이 작은 친구들은 곁에 있는 것만으로도 내게 얼마나 많은 선물을 주었나. 거실 바닥에 아무렇게나 누운 채로 또미와 마루를 폭 끌어안는다. 북실북실하고 고소한 냄새가 나는 친구들에게 읊조린다. 얌체 같아도 좋으니 건강하게 오래 같이 살자고.

펀자이씨

연필 선을
따라 걷다

반복되는 일상 속의 크고 작은 변화들을 포착하는 것을 좋아한다. 이화여대와 영국 킹스턴대학원에서 일러스트레이션을 공부했다. 인스타그램에 가족 이야기를 담은 펀자이씨툰을 연재 중이며, 그림 에세이 『어디로 가세요 펀자이씨?』 『외계에서 온 펀자이씨』 『행복한 철학자』(우애령 글, 엄유진 그림) 등을 출간했다. 영국에서 그림책 『Peepo Fairies』 『Sammy Snail』 등을 냈고, 현재 출판과 방송 분야에서 프리랜서 일러스트레이터로 활동하고 있다.

빈 종이 앞에서

한때 '신이 나를 만들 때'라는 밈이 유행했다. 주어진 공란에 이름을 입력하면 신이 그를 만든 과정을 세네 컷의 짤방으로 보여주는데, 마지막 짤에서 신이 저지르는 실수가 웃음을 유발하고는 했다. 카리스마를 두 스푼 넣은 후에 돈복인 줄 알고 무심코 넣은 것이 일복이었다든지, 겸손함이 소진되면 그 대신 대충 소심함을 넣어버리는 식이었다. 정성 들여 만들었지만 결정적 실수로 인해 결함을 가지게 되는 존재라니, 정말 인간적이었다. 그렇다면 신이 나를 만들 때는 어땠을까. 호기심을 잔뜩 넣은 다음에 부끄러움을 '살짝' 뿌리려는 찰나에 향료 뚜껑이 열려 와르르 쏟아버린 것이 틀림없다.

펀자이씨: 연필 선을 따라 걷다

어린 시절, 나는 사람들 앞에 서면 머릿속이 하얘지면서 배가 아파왔고, 목소리 내기를 어려워했다. 초등학교를 한 해 일찍 들어가서인지 전학을 자주 다녔기 때문인지는 잘 모르겠지만, 또래들 사이에 있으면 대화의 속도를 따라가기가 어려웠다. 누군가가 열심히 말하고 있는 순간에 멍해져서 이야기를 놓치는 경우도 다반사였다.

대신 기록하는 일은 그보다 쉬웠다. 열 살 무렵부터 빈 노트에 일상을 기록했다. 미국에 살 때 시작한 기록의 본래 목적은 언어적으로 고립되어 심심한 시간을 때우는 것이었다. 혼자 있으면 긴장도가 낮아져 글을 쓰며 느긋하게 생각을 이어갈 수 있었다.

사람들의 관계를 한 발자국 물러나서 지켜보는 것은 흥미로웠다. 가만히 지켜보면 대화 속에서 언어가 흐르고 부딪치고 진화하고 사라지는 모습이 보였다. 단체생활을 하다 보면 내성적인 기질이 불편할 때가 많았지만, 반드시 극복해야 하는 것은 아닐지도 몰랐다. 개개인이 모든 능력을 가질 수 없기에 사회가 존재하는 것이라면, 각자에게 주어진 능력과 역할도 당연히 다를 것이었다. 그렇게 나는 말하는 것 대신 끄적이는 것을 좋아하는 사람이 되었다.

내가 기록한 문장들은 특별함과는 거리가 멀었다. "참 행복했다" "오늘도 즐거웠다"로 마무리되곤 하던 반복적이고 단순한 일기 속 표현들이 정말 행복에서 비롯한 건지 혹은 어휘 부족으로 인한 습관적인 표현이었는지는 잘 모르겠다. 하지만 괴롭고 보잘것없는 시기라고 해서 기록을 멈추지는 않았던 것을 보면 나는 어떤 경우에도 삶을 싫어하지 않았던 것 같다. 그런 나에게 엄마가 "그것이 바보의 특징이란다!"라고 말하며 애정 담아 웃으면, 또

그 바보라는 말이 엄마의 다정한 웃음과 연결되는 순간이 좋았다.

기록은 매력적이다. 매일의 기록을 통해 생각이 서서히 변화하고 기억은 왜곡된다는 것을 발견한다. 기록으로 인해 결국 기억하지 않았으면 좋았을 일들도 마주하게 되기도 한다. 하지만 이미 지나간 일들은 바꿀 수 없고, 인생은 원하는 것들로만 깔끔하게 채워지는 것이 아니라는 것을 받아들이면서 또 한 번 자유를 얻는다.

$$\backsim$$

사람들에게 '보여질 것'을 염두에 두며 처음으로 이야기를 연재한 곳은 '국제 커플 카페'였다. 한국에서 국제 결혼을 하면서 필요한 행정 정보를 얻기 위해 카페에 가입했다. 국경을 넘어 사랑에 빠진 연인들의 다양한 사연들과 유용한 정보들이 오가는 곳이었다. 카페 한편에는 별도로 칼럼난을 만들어 자신만의 이야기를 펼치는 친구들이 있었는데, 그걸 본 나는 홀린 듯이 카페 매니저에게 '펀자이씨의 펀펀펀'이라는 제목으로 칼럼난을 열어달라고 요청했다.

　몇 가지 절차를 거쳐 칼럼난이 열렸다. 국제결혼 생활 때문에 가입한 카페인 만큼 필명은 배우자인 파콘의 성인 '펀자이씨'로 했다. 나머지 제목의 '펀펀펀'은 '펀자이씨'의 '펀', 'fun(재미)'의 '펀', 'pun(언어유희)'의 '펀'을 따서 지었다. 즉흥적인 발상이었지만 마음에 들었다. '펀자이씨'의 '씨'가 '누구누구 씨'라고 부르는 것처럼 정답게 들렸고, '펀펀펀'은 펀치를 날리는 듯한 통쾌한 기분을 주었다.

　친절하고 호기심 많은 독자인 카페 멤버들을 대상으로 청탁받지 않은 이야기를 차근차근 펼쳤다. 웃지 않는 딸아이의 돌잔치 이야기(일명 잠꾸러기 '퍼자이씨'의 하루), 신혼 시절의 부부 싸움 이야기(일명 영등포 배 껍질 잔혹 사건), 남편이 사고로 눈을 다친 이야기(일명 눈앞에 검은 산이 있어) 등 일상 소재로 이야기를 만들었다.

　심란한 일은 각색과 연출의 힘을 빌려 우스꽝스럽게 묘사할 수 있었고, 사소한 일을 서로 다른 몇 가지 사건과 연결하는 것으로 특별한 감정을 일으킬 수 있었다. 사람들이 웃고 공감하면 한결 마음이 가벼워졌고, 나 자신이 실제의 나보다 재미있고 씩씩한 사람이 된 기분이 들었다. 현실은 그렇지 못해도 이야기는 내가 끌어가는 방향으로 움직였다. 내 삶의 장르가 시트콤이라고 생각하면 두렵거나 힘든 일도 다음 에피소드를 위한 재료로 여겨졌다. 현실에서는 마무리되지 않은 일도 이야기로 만들면 결말을 지어 떠나보낼 수 있었다. 이렇게 틈틈이 이야기를 만들어 공유하는 것은 소소하지만 매일 찾아오는 확실한 즐거움이었다.

그때 쓴 글들을 다시 보면 허세 넘치거나 오그라드는 표현도 많지만, 그런 서투름을 지적하거나 평가하는 사람은 없었다. 나 또한 '펀자이씨의 펀펀펀'에 연재되는 글이 읽는 사람들에게 경쾌한 즐거움을 전할 수 있길 바랐다. 카페 멤버들이 웃으면 신이 났다. 그렇게 이곳에서 고래처럼 춤추면서 남들에게 보여지는 이야기를 다듬는 첫 훈련을 했다.

어느 날, 친한 카페 멤버에게 책 한 권을 선물 받았다. 규영의 『당신의 열두 달은 어떤가요』(사물을봄, 2016)라는 그림책이었다. 그는 독립 서점에 갔다가 우연히 작가의 열두 달 이야기가 담긴 그림책을 발견했고, 그것을 '펀자이씨 언니'에게 선물해야겠다는 생각을 했다고 한다. 책의 속표지에는 그의 손 글씨로 쓰인 쪽지가 붙어 있었다.

육아로 바쁘고 지치겠지만 짧은 그림책 한 권이 조금이나마 힘이 될 수 있음 좋겠어. 마지막의 비어 있는 챕터는 꼭 언니의 열두 달로 채워주길 바라.

2016. 03. 16

칼럼을 연재하던 당시에는 일을 중단하고 아기를 키우며 주로 집에 있었다. 그 책을 본 이후로 텅 빈 그림책 지면과 "언니의 열두 달"이라는 말이 나를 따라다니기 시작했다. 접어두었던 그림책 작가라는 오랜 꿈을 떠올리자 한숨이 나왔다. 일러스트레이터로서 누군가의 손이 되어 그림 그리는 일에는 익숙했어도 나만의 이야기를 쓰고 그리는 일은 어려웠다. 누구나 자기를 드러낼 수 있는 시대이지만, 그만큼 별처럼 수많은 창작자 사이에서 두각을 드러내기는 어려웠다.

출판 제안서를 만들어 여기저기 보내보았지만, 번번

이 퇴짜를 맞았다. 콘텐츠의 방향성이 모호하고 원고가 부족하다는 이유에서였다. 그렇다면 낙서 같은 끄적임으로라도 원고를 만들어두면 어떨까? 평소 하던 일상 기록을 토대로 삶의 은유가 되는 '이야기'를 만들어보고 싶었다. 그러다 2018년 여름, 직접 등장하지 않고도 이야기를 불특정 다수에게 드러낼 수 있는 무대를 찾았다. 인스타그램이라는, 때마침 유행하던 SNS 매체였다.

독자와 함께 춤을

인스타그램에서 열 장 내의 정사각형 이미지로 그려지는 만화들을 통틀어 '인스타툰'이라고 부른다(최근 최대 스무 장까지 업로드가 가능해졌다). 인스타그램 사용자가 다른 SNS 사용자에 비해 많은 편이라 콘텐츠 노출도 다른 매체보다 폭넓고 빠르게 이루어졌다. 많은 사람의 시선을 끌며 교감을 형성하는 계정들은 점차 영향력이 커졌다. 매체 형식상 소소한 주변 일상 이야기들을 다루기 좋았기에 비슷한 주제가 쏟아져 나왔다. 이런 유사한 콘셉트를 가진 만화들을 묶어 '일상툰'이라고 칭한다.

패트릭 코널리의 『사랑하는 아빠가』(박영근 옮김, 김영사, 2010)라는 책이 있다. 일 때문에 늘 시간에 쫓기던 미국

정치부 기자가 두 아들에게 틈틈이 남긴 메모들을 담은 책이다. 패트릭 코널리는 1984년 41세의 젊은 나이에 갑작스럽게 심장마비로 세상을 떠났다. 오랜 시간이 흘렀음에도 그가 쓱쓱 끄적인 글과 그림에 큰 여운이 남는 이유는 꾸준히 지속된 기록의 시간이 부모 자식간 사랑의 깊이로 다가왔기 때문이다. 패트릭 코널리의 사적인 기록은 사랑에 대한 은유로 많은 이에게 전해졌다. 내가 끄적이는 이야기들 역시, 빼어난 그림과 수려한 글이 되지는 못하더라도 누군가의 마음에 닿길 바랐다.

그런 마음으로 일상 기록인 '펀자이씨툰'을 시작했다. 정지된 두 장면이 연결되는 순간 대화가 살아나는 것이 재미있었다. 장수를 차츰 늘려가다가, 업로드할 때 장수의 제한이 있다는 것을 알고는 분량에 이야기를 맞추기 시작했다. 자칫 생략을 잘못하면 오해가 생기고, 생략이 지나치면 이해하기가 어려웠지만, 적당히 덜어내면 메시지가 오히려 더 명료해지고 생각의 여백도 생겼다.

아이디어가 떠오르면 연필로 종이 위에 쓱싹 그려 휴대폰 카메라로 찍어 올린다. '띠링 띠링' 하며 댓글로 독자에게서 피드백이 돌아온다. 한 번 그려 올린 그림은 수정이 불가하다. 그래서 맞춤법이나 띄어쓰기 등의 지적도 종종 받았다. '있다가 → 이따가' '칠칠맞다 → 칠칠치 못하다' '말해줄께 → 말해줄게' '되서 → 되어서' 등. 초등학교 국어 시간에 잠깐 존 탓에 평생 모르게 된(이라고 주장) 나머지 문법 수업을 제대로 받은 셈이다.

독자들에게 교정을 받으면 감사하다고 답하면서도 얼굴이 화끈해졌다. 한번 저지른 실수는 모두가 알게 될 때까지 연달아 지적받기 때문에 게시물을 삭제하지 않는 한 공개 처형을 앞둔 심정으로 무대 위에 쭈뼛거리며 서 있어야 했다. 그래도 나는 가능하면 게시물을 삭제하지 않았다. 그 정도 수치심으로 물러설 것이라면 올리는 게시물보다 내려야 할 게시물이 더 많았기 때문이다.

독자 중에서는 각 분야의 고수들이 많았다. 작가의 실수를 바로잡아주고 싶은 마음은 간절한데, 아끼는 창작자가 무안할까 봐 잠 못 이루다 용기 낸 사람들도 있었다. 그것을 알고 나서는 점차 틀린 것을 좀 더 유쾌하고 적극적으로 받아들이게 되었다.

귀를 기울이면 더 많은 사람이 이야기를 건네온다. '왔다리갔다리'라는 표현이 일제강점기 때의 잔재라는 것

편자이씨: 연필 선을 따라 걷다

과 '여전사'라는 말이 차별적으로 느껴질 수도 있는 표현이라는 것을 알게 되었다. 이야기가 강원도 두메산골로 넘어가면 그 지역의 사투리 고수들이 나타나서 내 어설픈 사투리 재연을 정정해주었고, 1970년대로 이야기가 넘어가면 어르신들이 옛 추억을 회상하며 시대 분위기를 증언해주었다. '친정 세렝게티 먹이사슬'이라는 에피소드를 올린 날에는 아프리카 세렝게티국립공원에 있던 독자가 사자 사진을 찍어 보내주었고, 남극에서 요리사로 일하는 독자는 그 사진을 보고 바로 문 앞에서 찍은 펭귄 사진을 보내주었다.

각별히 기억에 남는 독자와의 이벤트도 있다. 어느 날 한 독자의 '무지개 아침 인사' 사진을 스토리에 공유했더니, 각 나라 각 지방에서 자신이 목격한 무지개 인사 퍼레이드가 시작되었다. 공지나 규칙도 없이 시작된 이 릴레이는 사나흘에 걸쳐 이어졌다. 사진에 담긴 무지개의 배경과 사연이 숨 막히게 아름답고 다양해서 하이라이트에 모아두었다. 부끄럼쟁이가 쏘아 올린 '펀자이씨툰호'를 타고 함께 세계여행을 한 기분이 들었다.

168 ♡

　　인스타툰 작업은 대체로 아기가 깨기 전에 마쳐야 했
다. 그래서 종이에 연필로 쓰고 그렸다. 연필은 '쓰기'에도
'그리기'에도 편하며 어디에서든 바로바로 사용할 수 있
었다. 내가 원하는 방식으로 이야기를 펼치기에 최적화된
재료였지만, 화려한 인스타그램 세계에서 투박한 연필 선
으로 데뷔하는 게 다소 염치없게 느껴져서 분홍 색연필로
볼과 팔꿈치, 무릎에 포인트를 찍어보았다. 최소한의 터

　　　　　　　　　　　편자이씨: 연필 선을 따라 걷다

치로 생기를 불어넣으려는 '가성비 야망'에 깜박 넘어가
준 독자들은 이 부분을 "펀자이씨툰의 화룡점정"이라고
말해주었다. 독자 입장에서도 밋밋한 무채색 그림에서 재
미를 찾아보려고 노력한 게 틀림없다. 정신이 없어 볼터
치를 잊은 날이면 어김없이 귀여운 댓글이 달렸다.

"작가님, 오늘은 바쁘셨나 봐요. 그림이 완성되지 않았어
요."

이처럼 인스타툰은 매체 특성상 독자와의 교류가 즉
각적이고 활발하다. 독자들의 적극적인 애정 공세와 응
원, 위로에 큰 동력을 얻는다. 밋밋한 이야기에 위트를 불
어넣는 '심폐소생형 댓글'도 있고, 유사한 경험을 나누며
이야기의 폭을 넓혀주는 '공유형 댓글'도 있다. 내색하지
않은 감정들까지 보듬어주는 '공감형 댓글'도 있고 내가
그린 것보다 더 깊이 보아내 감탄을 자아내는 '인문학적
댓글'도 있다. 어느 날 출판사 관계자가 "댓글 수준이 너
무 높아서 작가님이 좀 힘드시겠어요"라고 했을 땐 무슨
뜻인지 바로 이해가 가서 웃음이 터졌다.

그러나 늘 긍정적인 피드백만 받을 수는 없다. 악플이 달리는 일은 많지는 않았지만, 가족툰에 악플이 달리면 가슴이 꽤 아팠다.

"역시 ○○한 나라에서 온 사람이라 동물을 학대하는군요, 언팔하겠습니다."

동물 애호가로 본인을 소개한 한 독자는 자신의 소신이 담긴 댓글과 함께 공개 언팔unfollow을 선언했다. 임신 기간 중 집에서 키우던 대형견 미루를 나에게서 격리한 파콘의 에피소드에 달린 댓글이었다. 어색했던 미루와 파콘 사이에 생겨나던 정에 대해 그리려는 의지가 꺾이고, 어느새 파콘의 행동을 해명하는 방향으로 이야기의 흐름이 바뀌었다. 국제 커플방이라는 카페의 울타리를 나와 더 많은 사람 앞에서 연재를 시작하며 각오했던 일이었지만, 막상 편견 담긴 언어를 들으니 나의 즐거움을 위해 사랑하는 가족을 이런 판에 노출시키면서까지 연재를 계속하는 것이 맞는지 고민에 빠졌다.

이후 가족들에게 솔직하게 고민을 털어놓았다. 그들

과 이야기하며 내린 결론은 부당하게 상처 주는 말에 움츠러들고 해명하기보다, 편견을 넘어 새로운 영감을 줄 수 있는 창작자가 되자는 것이었다. 내가 의도하지 않은 대로 해석된 것에 지나치게 마음 상할 필요도 없었다. 더 듣어보면 인간이라는 존재가 원래 그랬다.

어린 시절 미국에 처음 도착했을 때 푸른 눈을 가진 한 아이는 나를 "재팬도 차이나도 아닌 미개한 나라에서 온 동양 애"라고 불렀고, 태국의 일부 친구들도 동남아의 다른 어떤 나라 사람들을 비슷한 방식으로 내려다봤다. 미국 사람들이 한국을 "차이나의 한 조각"으로 불렀을 때 억울함을 풀기 위해 영어와 역사 공부를 시작했던 것처럼, 나는 또 공부를 시작해야 했다. 잘 알지 못하는 상태에서 세워진 편견의 벽은 높지만 얇다. 사람들이 잘 모른다는 것은 해줄 수 있는 새로운 이야기가 많다는 뜻이고, 이걸 기회 삼아 이야기를 통해 벽을 낮출 수 있겠다는 생각이 들었다.

한편, 펀자이씨툰을 연재하면서 경험 부족과 어휘 선택의 미숙함으로 인한 실수도 많았다. 영국 친구의 글래머러스한 몸매와 당당한 옷차림에 감탄하여 "풍만하다"

라고 표현한 것에 다른 내용은 모두 가려지고 "여성을 비하하는 작가"라고 불린 적이 있다. 그러자 해당 댓글에 '표현의 자유'를 옹호하는 댓글이 달렸고, 뜨거운 페미니즘 논쟁으로 이어졌다. 애초 그런 의도로 쓴 표현이 아니었기에 당황하여 쥐구멍에라도 숨고 싶은 나를 뒤로하고 팔로워 수가 갑자기 증가하기도 했다.

영국 유학 생활 중, 중동에서 온 한 학생이 "고국에 돌아가도 히잡을 쓰고 싶지 않다"라고 말하며 창밖을 보는 에피소드를 올렸을 때도 예상치 못한 문제가 생겼다. 이 에피소드는 독자들에게 큰 관심을 받은 동시에 일부 무슬림 여성들에게 "종교를 모욕하지 말라" "계정 문을 닫아라"라는 항의를 받았다. 당시에 내가 표현하고 싶었던 주제는 '작은 개인의 진심'이었기 때문에, 직접 들은 친구의 말 하나가 뿌리 깊은 종교 문화를 공격한 것으로 받아들여진 것이 억울하게 느껴졌다. 하지만 이 이야기가 '무슬림 여인들은 사실 히잡을 쓰고 싶지 않다'는 의미로 확장될 가능성이 있다고 생각하여 고심 끝에 게시물을 내리기로 결정했다.

그림에서 애매한 시선 처리나 불필요한 동작으로 인

해 의도한 것과 전혀 다르게 이야기가 해석되는 경우도 있었다. 몇몇 사람이 유사한 의견을 제시한다면 그렇게 해석된 (보이지 않는) 이유가 있을 가능성이 높았다. 그래서 나는 표현의 자유를 주장하기에 앞서, 많은 사람 앞에서 사용하려는 문장이 사회문화적으로 어떠한 맥락을 가지는지 더 잘 알아야 했다.

어떤 비판은 황금 가이드라인이었지만, 어떤 비난은 인신공격에 가까웠다. 그러니 어디까지를 조언으로 받아들일 것인지 스스로 기준을 잘 세워야 했다. 편자이씨툰은 잔잔해 보이면서도 하고 싶은 이야기는 다 하고야 마는 일상툰이었다. 아이를 가지느냐 마느냐 하는 갈등 이야기가 시작되면 유산에서 출산까지의 이야기가 적나라하게 이어졌고, 학교에서의 따돌림에 관한 이야기가 시작되면 몇십 년 전으로 날아가 당시 받았던 상처와 약점을 드러냈다. 다듬고 순화하기보다는, 생생한 경험에서 생겨나는 현실적인 감정들을 다루고 싶었다.

편자이씨툰은 이제 내 일상과 떼려야 뗄 수 없는 경력이 되었다. 육아 이야기의 주요 등장인물이었던 아이도 이제는 내 툰을 보는 독자가 되었다. 햇수가 거듭되고 조심할 것이 늘어날수록 일상툰을 그리기가 어렵게 느껴질 때도 있지만, 그럴 땐 열 살 된 딸아이가 써주었던 쪽지를 꺼내본다.

유진 님! 저는 딸 짠이인데요. 누구도 나보다 넘을 수 없게 당신의 팬이에요.

ᘒᘒ

펀자이씨툰의 성장에 가장 큰 공헌을 한 사람들은 역시 내 그림 속 주요 등장인물인 가족이다. 그들은 초상권을 허락하되 펀자이씨툰에 별 관심이 없다. 엄마는 휴대폰이 없고, 아빠는 인스타그램을 할 줄 모르며, 파콘도 SNS 자체를 하지 않는다. 장난처럼 펀자이씨툰에 왜 관심이 없냐고 항의하면 파콘은 "예술가 와이프의 창작 활동을 존중하기 위해서"라고 변명했고, 아버지는 "사람들이 박수 치는 대로만 춤추면서 가지 말고 네가 하고 싶은 이야기들을 강단 있게 할 수 있다면 뭐든지 해봐라"라고

펀자이씨: 연필 선을 따라 걷다

격려했다. 그리고 엄마는 늘 그렇듯 나를 놀렸다.

"가족이 가족을 그리고 가족이 본다고? 하하하, 그거 족벌주의툰 아니니?!"

이 말은 이야기를 들은 파콘이 오늘 저녁으로 꼭 족발을 먹고 싶다고 하자 가족 모두 폭소가 터지며 화제가 바뀌었다.

가족들의 경쾌한 무관심 속에 나는 자유롭게 일상과 대화를 기록했다. 평범한 하루도 어떻게 바라볼 것인지가 중요하다. 형태를 그릴 것인가, 빛을 그릴 것인가, 감정을 그릴 것인가에 따라 같은 장면을 봐도 그에 대한 해석이 달라진다.

늘 보는 가족들의 호칭만 바꿔도 달리 보이는 것들이 있다. 엄마 아빠를 '부모님'에서 '소설가와 철학자'로 불러보면 그 인물에 대한 호기심이 생긴다. 나아가 엄마와 아빠를 '순간을 달리는 할머니'와 '행복한 철학자'로 각각 바꿔 불러보면 캐릭터에 색깔이 더해진다. 국제결혼을 한 부부 사이에는 누구를 '이방인'으로 묘사하느냐에 따라 관점이 뒤바뀐다. 파콘을 외국인으로 소개하면 사람들은 이질성에 초점을 두지만, 가족으로 그리면 동질성에 초점

　　　　　　　　편자이씨: 연필 선을 따라 걷다

을 맞춘다. 알츠하이머의 진행을 삶의 일부로 볼 것인지 죽음의 일부로 볼 것인지에 따라서도 이야기의 톤이 달라진다.

"유진아, 나는 많은 사람과 사이좋게 지냈지만 정작 '나 자신'과는 사이가 좋지 못했다."

저녁 식사 후 산책하면서 아빠에게 들은 말이 계속해서 맴돌던 어느 날, 이야기를 어떻게 풀어낼지 고민하다 수학자 허준이의 문장을 만났다.

우리는 신기한 방식으로, 관계 속에서 성장합니다.

어려운 관계 속에서 생겨나는 단단하면서도 유연한 연결성을 찾아본다. 태국인과 한국인 사이에서 생긴 갈등의 해법이 할아버지와 어린이 사이에서 나온다. 기억을 잃어가는 소설가 옆에는 기록하는 딸이 있고, 같은 부모를 바라보는 형제들의 시선은 다르게 교차된다.

이런 나의 일상 속 한 장면들이 만나본 적 없는 독자들의 댓글 속에서 익숙한 공감으로 발전하는 순간은 언제나 흥미롭다. 반복되는 일상의 짧은 기록이 모이면, 맨눈으로는 볼 수 없는 삶의 흐름을 엿볼 수 있다. 움튼 싹이 올라와 기지개를 쭉 펴고, 당당하게 꽃을 피워 아름다움을 뽐내더니 이내 시들어서 속절없이 사라지는 장면 같은 것들 말이다.

편자이씨: 연필 선을 따라 걷다

고마움이 다니는 길

인스타그램에 펀자이씨툰 연재를 시작한지 약 사 년 만에 단행본 『어디로 가세요 펀자이씨?』와 『외계에서 온 펀자이씨』(문학동네, 2022)가 출간되었다. 잡지, 뉴스 등의 매체에 15만 팔로워를 보유한 인스타툰 작가로 소개되었고, 이후 처음으로 북 토크를 하게 되었다.

북 토크가 시작되고 적막 속에서 이백 개의 눈동자가 일제히 나를 바라보고 있었다. '시선 알레르기증'이라는 에피소드로 알려진 작가와 독자들과의 첫 대면이었다. 당시 코로나로 인해 사람들이 마스크를 쓰고 있어 얼굴은 볼 수 없었지만, 신기하게도 까만 눈들이 호의적으로 웃고 있다는 것은 알 수 있었다. 그들에게 주체할 수 없는 긴

펀자이씨: 연필 선을 따라 걷다

장감을 이미 간파당했다는 것도 알 수 있었다.

'SNS에서 많은 사람과 스쳤다는 것만으로 작가로 불린다는 건 비현실적이야.'

내 안에 있는 스스로에 대한 과대평가와 과소평가가 뒤섞이며 긴장감이 치솟았다. 그 때문인지 의연하지 못했던 나의 태도에 아쉬운 점이 많았지만, 적어도 나답게 했으니 괜찮다(=어쩔 수 없다)고 생각했다. 그날 밤 내가 한 이야기를 나보다 잘 기억해준 많은 사람에게 따뜻한 디엠을 받으며 독자들이 기대했던 내 모습과 실제의 내 모습이 크게 다르지 않았다는 것을 알게 되어 안심이었다. 다음 날, 한 독자분이 쓴 후기는 내 캐릭터에 쐐기를 박았다.

드디어 작가님을 볼 수 있게 되어서 너무나 떨리는 마음으로 갔는데, 실제로 본 작가님은 저보다 더 떨고 계셨어요!

보자마자 저항없이 웃음이 터졌다. 주파수가 맞는 사람들과 소통하는 일은 언제나 재미있다. 책에 사인을 받으며 숨결이 닿을 듯 가까운 거리에서 애정 담아 한마디씩 전해주던 사람들의 표정이 지금도 생생하다. 인생의 어느 시점에서 어려움을 겪고 있었을 때, 펀자이씨툰의 어떠한 에피소드가 힘이 되었다고 말해주던 목소리를 통해 우리가 서로 힘을 주고받으며 같이 보내온 시간들이 느껴졌다. SNS에 떠도는 많은 말 속에서도 내가 전하고자 했던 진실한 마음만큼은 온전히 닿은 것 같았고, 돌아오는 시선도 진실하게 느껴졌다. 두려운 마음으로 시작했지만 충만한 행복감으로 각인된 첫 만남이었다.

독자들에게 자주 언급된 펀자이씨툰의 에피소드 중 하나는 '힘이 필요해' 시리즈이다. 몇 해 전, 학교에서 집단따돌림 문제로 고통받고 있다는 한 학생의 메시지를 받았다.

작가님은 이런 심정을 모르시겠지만, 저는 학교생활이 너무 힘들어요. 달리 말할 곳이 없어서 답답한 마음에 편지를 보냅니다. 답장은 보내주지 않으셔도 됩니다.

그리고 이어지는 내용은 내가 학창 시절 겪었던 일과 상당히 유사했다. 그 학생처럼 나 역시 힘든 마음을 이겨

내려 독서에 빠져 위로를 받았었다. 일상툰 작가로서 어린 학생에게 어떤 도움을 줄 수 있을까 고민 끝에 내 경험을 들려주고 싶었다. 그걸 토대로 '힘이 필요해' 에피소드를 연재했다.

연재 중에 많은 디엠을 받았다. 생각보다 많은 사람이 피해자로서, 가해자로서, 방관자로서 다양한 집단에서 유사한 일을 접하고 괴로워했다는 사실을 알 수 있었다. 하루하루 고민과 긴장감 속에 응원을 받으며 연재를 이어 갔다. 연재하는 동안 나 역시도 매듭지어지지 않았던 한 구석의 어두운 기억을 대면하며, 그 시절의 나를 한층 더 이해할 수 있었다.

'힘이 필요해'의 에필로그는 내가 피할 수 없었지만 직면하여 이겨냈던 집단 따돌림 문제를 '인생의 담금질'로 묘사하며 이야기를 마무리했다. 그리고 한 부모로부터 디엠을 받았다. 그런 담금질을 원하지 않으니 자신의 자녀는 그런 일을 피하게 해줄 수 있는 방법이 있을지를 묻는 내용이었다. 질문을 받으니 마치려던 고민이 이어졌다.

아이를 키우는 입장에서 어떤 마음인지 충분히 이해가 가지만, 성인이 되고 보니 사회 안에서 부모가 아이에게 해줄 수 있는 일에는 한계가 있다는 생각이 들었다. 집에서 아무리 보호해줘도 아이는 결국 울타리 밖으로 나가 생활해야 하고, 그 사회가 가지고 있는 문제는 높은 확률로 아이가 경험할 수밖에 없다. 학교에서든, 직장에서든, 다른 곳에서든 그 시대가 가지는 사회적 병폐나 어려움을 직간접적으로 만나게 되어 있고, 그것이 내가 경험한 사회였다.

고민 끝에 부모로서 아이에게 해줄 수 있는 일은 아이가 내면이 강한 사람으로 성장할 수 있도록 사랑을 주는 것, 그리고 좋은 사회를 만드는 것에 기여하는 것이라 생각한다고 답했다. 다른 아이들에게는 위험하고 내 아이에게만 안전한 세상은 존재하지 않는다. 그래서 '진짜 강한 사람은 약한 이를 괴롭히는 사람이 아니라 도와줄 수 있는 사람'이라는 이야기가 친구들에게, 또 부모님들과 선생님들께 전해지길 간절히 바랐다.

내 마음은 어디까지 가닿았을까? 단순히 일상을 공유하던 그림은 이제 누군가에게 위로가 되기도 하고, 사람과 사회에게 전하고 싶은 메시지를 전하는 수단이 되어

주기도 한다. 그런 마음으로 시작한 또 하나의 에피소드
가 있다.

'순간을 달리는 할머니'는 연재 중 엄마의 인지증(치
매)이 발병하면서 시작된 시리즈이다. 사랑받는 캐릭터였
던 엄마의 알츠하이머 발병 소식은 비극적인 소식이었지
만, 기억을 잃어가는 와중에 엄마가 보여준 낙천적인 태
도와 통찰력은 독자들에게 힘과 위로를 주었다. '순간을
달리는 할머니' 속 '고민 상담소' 시리즈는 알츠하이머로
인해 기억이 일 분도 채 지속되지 않는 엄마가 독자의 질
문에 가볍게, 때로는 무겁게, 언제나 즉흥적으로 대답하
는 형태로 구성했다.

"하루를 알차게 보내지 못했다는 자책감이 들어요."
"알차지 않아도 괜찮아요. 당신은 명란젓이 아니니까요."

"나쁜 일이 생기면 모두 제 잘못인 것 같아요."
"하하, 미안하지만 당신은 그렇게 전지전능하지 않아요."

엄마가 가진 특유의 위트와 아픈 마음을 위로하려는

천성이 뒤섞인 문답들을 만화로 전하면 많은 분께 마음이 즐거워졌다는 경쾌한 피드백이 왔다.

작년 여름 북 토크에는 한 독자분이 대기 중인 나를 찾아와 이야기를 전했다.

"삼 년 전, 암 투병을 하며 아들과 심각한 불화를 겪고 있었는데, 작가님의 어머니께서 해주신 한마디로 관계가 바뀌었어요. 감사한 마음을 전합니다."

그분은 말을 끝내시며 갑자기 눈물을 쏟으셨다. 그 바람에 나도 평정심을 잃었다. 특히 엄마 이야기를 연재하며, 사람 사이에 따뜻한 마음이 전해지는 것을 여러 번 경험했다.

어머니께서 젊은 시절, 하얀 눈과 시린 나무들이 산속 깊은 마을에서 화전민 어린이들을 가르치던 이야기를 보며 눈물을 쏟았습니다. 가족을 잃은 후 삶을 등지려고 했던 제가 그 이야기를 통해 다시 살아갈 용기를 얻었습니다. 지금은 제주에서 요양보호사가 되었답니다. 씩씩하고 쾌활한 제주 할망들 덕에 살아갑니다. 열심히 살아보겠습니다.

편자이씨: 연필 선을 따라 걷다

한 독자에게 이런 메시지를 받은 적 있다. 그리고 세월이 흘러 엄마가 요양보호사의 방문을 완강히 거부하며 나와 대치 상태에 놓인 에피소드를 그렸을 때, 바로 이 분이 자신의 이야기를 보내 엄마를 설득해주었다.

제가 삶의 이유를 되찾고 요양보호사 자격증을 딴 것은 어머님과 작가님 덕입니다. 많은 요양보호사는 사명감을 가지고 어르신들의 삶의 질 향상을 위해 애쓴답니다. 믿는 마음으로 의지하시는 것은 요양보호사들에게도 큰 힘이 되는 일입니다. 살림의 침해로 느껴지실 수도 있지만, 저 같은 사람들도 있다는 것을 어머니께서 잘 받아들이기를 바랍니다. 마음 같아선 제가 가고 싶습니다.

이 메시지를 여러 번 읽어드리자 엄마는 결국 마음을 바꿔 요양보호사가 오는 것에 동의하셨다. 그뿐만 아니라 새로 오신 요양보호사를 손님처럼 귀히 여겨주셨다. 이런 엄마의 태도는 요양보호사의 가족 같은 따뜻함으로 돌아왔다. 나와 부모님 모두 생활이 전보다 훨씬 편해졌고, 이 메시지를 보내주셨던 독자에게 감사하는 마음이 드는 선순환적 관계가 형성되었다.

'순간을 달리는 할머니'를 연재하면서 어느 때보다도 독자들과 많은 교류를 나누었다. 독자들이 보내준 메시지를 저장해놓고 종종 꺼내어 본다.

"저는 아이를 낳을 생각이 없지만, 아이 이야기를 보며 엄마 미소를 짓게 되네요."

"아버지와 잘 지내시는 것에 제가 대신 감사드립니다. 저도 아버지를 사랑하고 싶었습니다."

"제 가족도 표현을 못했을 뿐 같은 마음이었을 것 같아요. 당장 전화해야겠어요."

"작가님도 넘어질 때가 있군요. 괜스레 위로받습니다."

"그냥 지나칠 수 있는 일상 이야기를 나누어 주셔서 고맙습니다."

"저는 병원에서 일하고 있어요. 매일 아픈 사람들을 만나다 보니 모든 것이 다 부질없고, 결국 언제 어떻게 죽을지 모르는데 노력이 왜 필요한가 하는 생각을 하게 돼요. 그런데 오늘 툰을 보면서 이런 제 생각을 바꾸고 싶어졌어요. 오지 않은 슬픔에 머물러 기쁨과 행복을 놓칠 수 없고, 아픔으로 다 가릴 수 없는 생의 순간들이 있다는 생각이 들었어요. 제가 처음 일을 시작했을 때의 마음처럼, 만나는 사람들의 아픔에만 집중하지 말고, 그들이 가지고 있는 기쁨을 조금이라도 더 키워줄 수 있는 사람이 되겠습니다."

우리는 모두 신비로운 힘으로 연결되어 있다. 나를 스쳐간 많은 목소리가 여전히 귓가에 맴돈다. 엄마의 간결한 답을 보며 고민을 잊는다는 독자들의 말에 나 또한 잠시 나를 둘러싼 현실 속 고민들을 잊는다.

펀자이씨: 연필 선을 따라 걷다

선녀와 나무꾼 그리고 태양왕

서른 셋, 오 년의 영국 생활을 정리하고 한국으로 돌아왔다. 영국에서 내던 그림책 시리즈 작업도 잠정 중단했다. 서른을 넘기자 학생도 직장인도 아닌 미혼 여성의 신분으로는 비자 발급 조건이 까다로워졌기 때문이다. 당시 연인이던 파콘은 두 해가 더 지난 후 다니던 외국계 회사를 그만두고 한국으로 와 나의 새 가족이 되었다.

그동안 쌓아온 깡과 경험으로 굶어 죽지 않을 거라는 믿음이 있었지만, 한국에 온 이후 무엇 하나도 '그냥 어떻게 잘' 되지 않았다. 신혼 초, 국제 일러스트레이션 공모전 낙선 소식과 파콘의 회사 면접 탈락 결과를 연이어 받은 날에 바라본 서울 건물들은 유난히 빽빽해 보였다.

펀자이씨: 연필 선을 따라 걷다

"와…… 아파트가 저렇게 많은데 우리 살 곳 하나 없네."

평일 대낮, 삼십대의 두 남녀는 공원 정자에 앉아 서로 어깨를 두드려주었다. 겁이 났지만 일단 웃어 보았다. 이것이 이야기의 재미를 위해 시련을 살짝 줘보는 로맨틱 코미디의 전개 부분이면 좋겠다고 생각하며 말이다.

파콘과는 평생 싸울 일이 없을 것 같았지만, 희망이 없는 상태에서 긍정적인 에너지가 고갈되니 근심과 불안은 쉽게 분노로 변했다. 인류는 아직 진화가 덜 되어서 방금까지는 사랑을 속삭이다가도 이내 전쟁을 일으키고, 가슴을 퉁탕 퉁탕 두드리며 고함을 지르다가도 금세 그 이유를 잊는다. 파콘이 자신의 분야에서 다양한 경험과 오랜 경력을 가지고 있음에도 연이어 면접 탈락 소식을 받았던 원인은 능숙하지 못한 한국어였다. 그에 의기소침해진 파콘은 큰조카와 함께 게임에 빠져들었다.

사춘기 아들 레벨로 육아가 시작된 기분이 들어 마음이 착잡해지면, 영화 〈늑대소년〉을 떠올리며 닥치는 대로 외주 일을 받았다. 늑대소년이 혈혈단신으로 낯선 가족의 집에 와서 말하기와 쓰기부터 배우면서 작은 여자아이에게 의지해야 하는 상황에서 얼마나 외롭고 배고팠겠는가. 인간의 공감 능력에는 한계가 있기 때문에 내가 힘들면 파콘은 그 세제곱 이상으로 힘들 거라는 공식을 만들어두었다.

이런 나를 오랫동안 지켜보던 남동생은 내 이야기가 아무래도 신파 로맨스물인 〈늑대소년〉보다는 야수 누나가 미남을 납치하는 〈미남과 야수〉 또는 외로워도 슬퍼도 울지 않는 명랑 순정 만화 『들장미 소녀 캔디』에 가깝다고 주장했다.

영국 유학 시절, 런던의 다양한 인종들 사이에서 파콘과 나는 웃는 모습이 닮은 아시안 커플이었다. 사랑하는 젊은 남녀가 함께 다니는 것에 의문을 제기하는 사람은 거의 없었다. 하지만 한국에서는 파콘의 국적이 유난히 도드라졌고 그의 나이, 학벌, 외모 등이 늘 호기심과 평가의 대상이 되었다. 적지 않은 이들이 파콘의 외모를 칭찬하기 위해 "너는 태국 사람처럼 생기지 않았어"라는 말을 했고, 우릴 나란히 두고 "누가 덕 봤고 누가 아깝다"거나 "둘 다 부모 속 좀 썩였겠다" "영국까지 가서 왜 태국인이냐"는 등의 말을 쉽게 했다.

"파콘은 왜 굳이 한국에 왔어? 그 조건이라면 태국에서 더 편하게 좋은 배필 만나 직장 생활을 할 수 있었을 텐데."

지인들이 하는 말에는 다양한 의미가 있겠지만, 이런 말을 들으면 나는 내가 동화『선녀와 나무꾼』에서 나무꾼 역할을 맡은 기분이 들었다.『선녀와 나무꾼』의 모티브는 그 시절의 국제결혼임에 틀림없다. 때때로 지게에 땔감을 가득 진 나무꾼처럼 어깨가 무거워졌지만, 기왕이면 지금 상황이 파콘에게도 좋은 상황이길 바라며 애썼다.

결혼 후 십이 년의 세월이 흘렀다. 낫 놓고 기역 자도 모르던 파콘은 한국 중소기업 '파 과장'을 거쳐 버젓한 엔지니어가 되었다. 잠시 꿈을 접고 파콘의 매니저 역할과 육아에 집중하던 나는, 꿈을 접었다고 생각했던 시기에 짬짬이 이어가던 그림 놀이를 통해 꿈을 이루었다. 우리 사이에 태어난 걸 스스로 뿌듯해하는 귀여운 딸아이도 자라고 있다.

어떻게든 굴러가면 이야기는 계속된다. 십이 년 전으

로 돌아갈 수 있다면 젊은 파콘과 유진에게 너무 불안해하지 말고 좀 더 즐겨도 된다고 말해주고 싶다. 그렇지만 그 시절의 불확실함으로 인한 불안이야말로 우리의 원동력이었을지도 모른다.

이제 파콘은 회사 동료들과 함께 야구 경기를 보러 가고, 우수 사원 상을 받았다며 자랑하고, 태국 여행 계획을 세운다. 그 모습을 보면 이야기가 이제는『평강 공주와 바보 온달』쯤에 도달한 것 같다는 생각이 든다. 우리는 그럭저럭 생활을 잘 꾸려나가고 있다. 신혼 때처럼 상대의 목소리 데시벨이나 미숙한 어휘 선택만으로는 쉽게 발끈하지 않는다. 시간이 지나며 기질상 서로의 이면에 어떤 어려움이 있었을지, 상대의 지뢰가 어드메쯤 묻혀 있는지를 어느 정도 예측할 수 있는 로드맵이 생겼기 때문이다. 파콘과 유진은 상공에서 폭탄이 떨어지고 있을 때에도 콩 한 쪽씩 나눠 먹었으며, 서로 다투다가도 공공의 적이 생기면 다친 동료를 이끌고 후퇴한 결과로 전우애를 얻었다. 지금은 이렇게 훈훈하게 마무리하고, 로맨스 영화 〈러브 액추얼리〉로 이어질지 재난 영화 〈아마겟돈〉이 될지 모르는 미래의 테마는 내일 생각해보고자 한다.

편자이씨: 연필 선을 따라 걷다

파콘의 아버지 이야기를 '태양왕 쿤퍼'라는 에피소드로 연재한 적이 있다. 시아버지의 절대 권력이 손녀 짠이의 등장과 함께 무너지는 과정을 코믹하게 묘사했는데, 가족의 생계라는 무거운 짐을 진 외로운 가장의 이야기는 해외의 이국적인 문화가 아닌 우리들의 가족 이야기로 공감 받기도 했다.

　　풍채가 좋은 쿤퍼(태국어로 '아버지')는 무더위에도 늘 깔끔한 긴팔 정장 셔츠를 입었고, 그의 셔츠 왼쪽 주머니에는 단정하게 만년필이 꽂혀 있었다. 쿤퍼는 잘 웃지 않았다. 가족들이 외출할 때면 쿤퍼를 필두로 일렬로 걸었고, 양미간이 구겨져 있는 쿤퍼가 사라지고 나면 남은 가족들은 쿤퍼의 독재에 대한 은밀한 뒷담화로 이야기꽃을 피웠다. 나는 쿤퍼가 무뚝뚝해도 미사여구 없이 따뜻하게 대해주시는 것이 좋았고 사사로운 이해득실을 따지지 않는 과묵함을 배려로 느꼈지만, 파콘과 쿤매(태국어로 '어머니')는 함께 일 년만 살아보면 생각이 바뀔 거라고 귀띔해주었다.

쿤퍼는 태국 국립병원의 척추 수술 전문의다. 파콘의 할머니가 가족 중에 의술을 가진 이가 있어야 한다고 주장해서 형제들 중 막내인 쿤퍼가 의사가 되었다고 한다. 쿤퍼는 이왕 해야 한다면 그중 가장 어려운 것에 도전하고 싶어서 뇌와 척추 분야를 선택했다고 한다. 원하는 일을 하기 위해 기꺼이 어려움을 감수해야 한다는 것은 이해했지만, '가장 어렵다'는 것이 도전의 이유가 될 수 있다는 것이 흥미로웠다. 파콘과 함께 하기 위해 삶 속 어려움들을 기꺼이 극복해가는 것이지, 어려움을 이겨내기 위해 국제결혼을 한 것은 아니었던 내 안의 인과관계를 따져보면, 쿤퍼의 결심은 더욱 신기하게 느껴진다.

쿤매는 나와 말이 조금씩 통하기 시작하자 가족 이야기를 들려주었다. 쿤매의 생활력 강한 어머니는 치앙마이에 큰 국숫집을 차렸고, 남매들 중 큰딸인 쿤매가 간호사가 되어 의사와 결혼하기를 바라셨다고 한다. 반면 쿤매는 젊은 시절에 영화 〈인디아나 존스〉를 보며 고고학자의 꿈을 품었다고 한다. 고고학을 배우고 싶어 단식투쟁을 했지만 끝내 고집 센 어머니의 뜻을 꺾지 못해 간호학과로 진학했고, 어머니가 바라던 대로 의사 남편을 만났

　　　　　　편자이씨: 연필 선을 따라 걷다

다. 그렇지만 늘 피곤하고 바빴던 의사 남편 곁에서 쿤매는 외로울 때가 많았다고 했다.

가끔 병원에 앉아 쿤퍼를 기다리며 환자들이 드나들고 진료받는 것을 본다. 세상 사람들이 서로 의논하면서 진화한 것도 아닌데, 인간 몸의 구조가 이토록 유사하다는 사실이 새삼 신기하다. 생소한 태국어 글자나 불교 문화를 보면 이질적인 나라의 사람과 가족이 된 것 같아 어리둥절하지만, 파콘의 가족 관계, 인생관, 어린 시절의 추억 같은 것들을 공유하다 보면 국적의 차이가 대수롭지 않게 여겨질 정도로 파콘의 가족들이 가깝게 느껴진다.

인생 계획을 세우다 보면 파콘보다 늘 내가 두어 살 먼저 나이 들어가는 것이 억울하다. "적어도 이 년만 일찍 태어날걸. 그러면 네가 먼저 아기를 가지고 싶어 했을 거고, 새치 염색도 네가 먼저 시작했을 텐데"라고 푸념하니 파콘이 대답한다.

"안 돼. 다른 시간에 태어났다가 별자리가 어긋나서 만날 수 없었으면 어떡해? 이렇게 태어났으니까 우리가 영국에서 가까스로 만날 수 있었던 거라고. 조금만 어긋

났어도 못 만나서 백 년을 기다려야 돼."

"하하, 별자리 같은 소리 하고 있다!"라고 하면서도 우리가 함께하기 위해 같이 이 고생을 선택한 거였다는 걸 상기한다.

다시 과거로 돌아간다면 한 사람만 바라보고 선뜻 삶의 터전을 바꿀 생각을 할 수 있었을까? 파콘이 지나온 막막하고 힘들었던 시간들이 나로 인한 것 같아 미안한 마음이 들다가도, 파콘이 자신의 아버지를 닮아서 어려운 일에 도전하는 것을 좋아하는 것 아닐까? 하는 농담 같은 의문을 가져 본다. 한국어를 어느 정도 유창하게 할 수 있게 되자 갑자기 일본어 공부를 시작하는 걸 보니 파콘의 고생은 비단 나 때문만이 아니었다는 생각에 확신이 들며 비로소 우리 관계는 조금 더 평등해진다.

결혼식 때 파콘과 검은 머리가 파뿌리 될 때까지 사이좋게 지내기로 약속했는데 결혼 십이 년 만에 완전 파뿌리가 되어 함께 사이좋게 염색을 하러 다닌다. 아무래도, 우리가 약속은 잘 지키는 편이다.

편자이씨: 연필 선을 따라 걷다

편자이씨: 연필 선을 따라 걷다

빵은 빵이고 꿈은 꿈이지

미의 본질을 '조화와 비례'라고 볼 때, 수 그 자체는 본디 아름답고 신비로운 그 무엇이었을 것이다. 인간들이 이름 붙이기 전에 이미 모든 자연과 우주 현상 속에는 수의 원리가 적용되어 있었을 것이다. 그러나 인간이 수를 헤아리면서부터 숫자에는 인간의 욕망과 가치판단이 들어가기 시작했다.

태어나는 순간부터 죽는 순간까지 인간의 거의 모든 것이 숫자로 표시된다. 우리는 십만 조회수가 나온 콘텐츠가 조회수 십 미만인 콘텐츠보다 흥미로울 것이라 판단하는 것에 익숙하다. 대상의 가치를 스스로 판단할 수 없다면, 비교 기준이 되는 다른 이의 댓글이나 숫자가 필요

편자이씨: 연필 선을 따라 걷다

하다. 가치 평가의 수단이자 교환재일 뿐이었던 돈도, 절박하게 쫓다 보면 돈을 모으는 일 자체가 내 꿈이었던 것처럼 여겨는 것처럼 말이다.

올해 초, 인스타그램의 게시물 조회수가 수익으로 연결되는 정책이 생겨 신청하자 달마다 수십만 원 정도의 수익이 생겼다. 수익을 받은 첫 달은 횡재한 것처럼 느껴졌지만, 두세 달이 지나자 '이 정도의 가치'를 가지는 콘텐츠를 지난 육 년 간 보수 없이 연재한 것이 손해로 느껴졌다. 그 후에는 수익을 늘리기 위해 원래 연재 주기보다 더 많은 연재를 해야 한다는 부담이 생기기 시작했다.

그리고 어느 날 갑자기 보너스 정책이 사라졌을 때는 마치 받아야 할 보수를 받지 못한 것 같은 허탈함에 빠졌다. 내 실험장이자 놀이터였던 인스타그램이 갑자기 내 계정에 '돈을 지급함으로써' 내 그림의 주인이 되었다가 이윽고 보수를 주지 않고 도망친 의뢰인이 되어버린 격이었다. 다행히 펀자이씨툰 자체에 대한 애정으로 곧 초심을 찾았지만, 앞으로 또 어떤 변화가 내 마음을 흔들어놓을지 모르겠다. 정교하고 완벽할 것 같은 우리 뇌의 지각 능력은 생각보다 더 허술하다는 것이 내가 살아온 내내 배운 것이었다.

2018년에 시작한 펀자이씨툰을 통해 '스타 작가'와 '인플루언서'라는 타이틀을 얻고 2022년경 책을 내며 승승장구하는 것 같았지만, 햇수로 육 년이 되자 팔로워 수 증가가 주춤하더니 올해부터는 지속적으로 떨어지기 시작했다. 사정상 연초 한 달간 연재를 하지 못해서일까 싶어 다시 시작하면 분위기가 돌아오리라 믿었다. 하지만 복귀하여 연재를 열심히 이어가도 15.3만이었던 팔로워 수가 오히려 14.9만으로 떨어지고, 관심의 척도였던 '좋아요' 수는 과거에 비해 반 이하로 줄었다. 인스타툰 연재를 통한 지명도가 줄어드는 것은 수익과 직결되는 문제였고, 펀자이씨툰 계정으로 수익을 충분히 낼 수 없다면 나는 생계를 위해 다른 일을 병행해야 했다. '내 스토리텔링 방식은 이제 한물갔나? 인스타그램이 아니었다면, 내 콘텐츠는 뭐였을까? 나는 뭐 하는 사람이지?' 하는 고민이 깊어지는 나날이었다.

인스타그램 CEO인 아담 모세리는 2024년 5월에 인스타그램 알고리즘의 대규모 변화를 공표했다. 앞으로 많은 팔로워를 보유한 사람들의 콘텐츠보다 신선한 콘텐츠들을 우선순위로 노출할 것이라고 했다. 취지는 좋았지만, 오랜 시간 일상툰을 연재해온 입장에서는 독자들에게 내 콘텐츠의 도달률이 현저히 떨어지는 변화가 반갑지 않았다. 열심히 그려도 전에 비해 잘 전달되지 않는다는 것이 피부로 느껴졌다.

내 계정에서도 원래 팔로우하여 즐겨보던 일상툰보다 빠른 템포의 음악과 함께 예쁘고 귀여운 영상, 코믹한 릴스들이 우선으로 노출되기 시작했다. 나 역시 무심코 유사한 영상들을 먼저 눌렀기 때문이다. 순식간에 팔로워 수 50만, 100만을 달성한 신진 스타들이 탄생했다. 그리고 일정 재생 수를 기록하면 그 수치는 수익으로 환산되었다.

숫자들은 정확하게 측정되고 매혹적이어서 종종 그 외의 가치들을 보지 못하도록 인간의 마음을 교란시킨다. 다시 생각해보면, 인간을 교란시키는 것은 숫자가 아니라 인간 자신이다. 14.9만 팔로워라면 적은 수가 아닌데도 '지속적으로 팔로워가 떠나가고 있다'는 것에 대한 상실감이 커졌다. 만 명, 이만 명이 실제로 어느 정도 규모인지,

그 안에 어떤 사람들이 있는지 알지도 못하면서 말이다.

어느 순간부터 '인스타 팔로워 늘리기 공식 TOP 5' '일상툰으로 돈 벌기' '릴스 대박 터뜨리는 노하우'와 같은 콘텐츠를 열어보고 있었다. 주변 일상툰 작가들로부터도 "무력감에서 헤어나올 수 없다" "사기가 떨어진다" 하는 이야기가 들려오는 것을 보니 내가 느끼는 변화가 혼자만의 착각은 아닌 셈이었다. 알고리즘 변화 하나로 펀자이씨툰 계정이 휘둘렸다. 휘둘리는 것은 내 마음일지도 몰랐다. 심지어 알고리즘 문제가 아닐 수도 있었다. 내 만화의 수식어로 따라붙는 '인스타툰' '일상툰'이라는 장르가 한때의 유행으로 지나가 버릴지도 모르는 일이었다. 스스로의 능력으로 이루어낸 성취 같지만, '코로나 시대'에 만화 소비가 늘어난 것과 인스타그램 유행이 번지며 영향을 받았던 것이 큰 비중을 차지한 것일 수도 있었다.

인기는 연애와 비슷한 구석이 있다. 지속적으로 새로운 매력을 보이고, 끊임없이 공감대를 형성하지 못하면 이내 잊힌다. 그렇게 숫자를 통해 느낀 기쁨과 성취감은 숫자로 인해 느끼는 불안과 무력감으로 돌아왔다.

길을 잘못 들었다는 생각이 들었다. 꿈은 꿈이고 빵

은 빵인데, 또 혼동했다. 발이 닿지 않는 곳까지 가서 마구 물장구치다가 힘이 다 빠지니 그제야 몸을 뒤집어 둥둥 떠서 하늘을 보는 내 모습이 보이는 듯 했다.

"사람들이 네 만화를 좋아하는 이유가 뭔지 알아? 가르치려고 하지 않기 때문이야. 잘 보이려고 하지 않기 때문이야. 따뜻한 마음이 진심이기 때문이야."

언젠가 엄마가 해준 이 말을 떠올리며 북극성으로 삼기로 했다. 펀자이씨툰은 애초 내 안에서 뻗어 나간 이야기들이 사람들과 연결되면서 사랑받는 콘텐츠였다. 더 많은 사람에게 관심을 얻는 것보다 가까이 있는 사람들에게 진심을 담아 이야기하는 것이 내가 할 수 있는 일이다.

좋아하는 일을 하면서 수익을 얻으면 금상첨화이지만, 좋아하는 일을 돈벌이 수단으로 삼으면 모두 침몰할 수 있다. 펀자이씨툰으로 인해 생기는 수익에 너무 집착하지 말기로 다짐해본다. 다른 일을 병행해야 해서 업로드가 다소 뜸해지더라도, 취미 생활에 대한 간절함을 유지하되 내 동의 없이 오르락내리락하는 숫자에 대해서는 도도한 마음을 가지기로 결심해본다.

나는 늘 길을 잃었었기에 앞으로도 길을 잃을 것이다. 영국행 티켓을 끊고 비행기를 탈 때도, 태국인과의 결혼식을 앞두었을 때도, 처음 아기를 안았을 때도, 인스타그램에 일상 이야기를 올리기 시작했을 때도 내가 올라탄 배가 어디를 향할지 몰라 큰 설렘과 두려움을 동시에 안았었다. 잘한 결정인지 못한 결정인지는 결과가 말해줄 것이고, 그 결과는 도무지 예측할 수 없는 사건들로 인해 계속 뒤바뀔 것이다. 그리고 그 어려움 속에서 버텨내는 힘이 내 깜냥을 보여줄 것이다. 그러니 어떤 방식으로든 나의 기록은 계속될 것이다. 짠이 말대로, 이야기가 다 떨어졌으면 다시 주우면 되니까.

펀자이씨: 연필 선을 따라 걷다

지워질 잠깐의 흔적

"엄마가 매일 글을 쓰면서도 건강한 자세를 유지하는 비결이 뭔지 아니?"

"뭔데?"

"집중하려고 하면 애들이 밥 달라고 부르고, 아빠가 도와달라고 부르니까 나와서 요리도 하고 설거지도 하잖니. 그렇게 자세를 계속 바꾸다 보면 스트레칭이 되는 거지."

"하하하, 말도 안 돼!"

엄마는 자신에게 불리해 보이는 생활 속 조건들을 유리한 원동력으로 전환하는 힘을 가지고 있었다. 빛과 그림자가 맞닿아 존재하는 원리를 이해하게 된다면, 겉모습

편자이씨: 연필 선을 따라 걷다

만 보고 누군가를 과도하게 동경하거나 질투할 일도, 무시할 일도 줄어들 것이라고 했다.

편자이씨툰을 그리면서 몇 차례 작업을 중단했던 적이 있다. 여유가 없거나 건강이 나빠서였을 때도 있지만, 반대의 경우도 있었다. 한번은 태국의 아름다운 바닷가에서 휴가를 보냈다. 눈부신 태양 아래 누워 거북이가 엉금엉금 기어가는 것을 바라보던 나날이었다. 야자수 잎이 흔들거리고 어딘가에서 나른한 음악이 흘러나왔으며 끼니마다 감칠맛 나는 식사가 차려져 나왔다. 이렇게 등 따시고 배부르면 노래를 부를 일이지, 글을 쓸 일은 아닌 것 같았다.

돌아보면 일상 속에 어느 정도의 난관이 있었을 때 오히려 열심히 쓰고 그렸던 것 같다. 그림을 그릴 시간이 부족해도 악착같이 짬을 낸 것은 일상툰 그리는 일이 하루의 낙이자 탈출구였기 때문이다. 간절함에 아이디어가 샘솟고, 지루함을 이겨내려 상상력도 증폭되고는 했다. 시간만 충분히 주어지면 더 잘 할 수 있을 것 같지만, 막상 여유가 생겨 생활이 편안해지는 순간, 일상툰 그리기는 미뤄둔 숙제가 되기도 했다. 이러한 현상을 역이용하여, 생활이 힘들고 미래가 어둡다고 느껴질 때야말로 '드디어 진정한 작가가 될 여건이 형성되었군'이라고 생각하면 삶을 버틸 힘이 생겼다.

약 삼 년 전, 어머니가 알츠하이머를 진단받고 아버지의 건강이 악화되기 시작했다. 파콘은 직장 생활에서 언어로 인한 소통의 어려움을 겪으며 잔뜩 예민해져 있었고, 어린 짠이는 엄마 손이 많이 필요한 상황이었다. 코로나가 한창이던 시기라 외부 시설의 도움을 받지 못했고, 힘이 되어줄 형제들도 외국에 있었을 때였다. 그 와중에 첫 책을 출간해야 하니 사면초가였다.

그 시기에 '아버지가 다시 보낸 편지' 시리즈를 연재했다. 이 시리즈는 부모님을 번갈아 인터뷰하며 1970년대 두 분의 옛이야기를 다룬 에피소드였다. 유독 이 에피소드를 연재할 때 그 시대 상황에 대한 호기심과 이야기 연출에 대한 아이디어가 끊이지 않았다. 엉켜 있던 이야기가 자다가도 풀리는 바람에 "이건 그려야 해!"라고 외치며 깨어나는 일도 있었다. 어찌나 몰입했던지 이야기 속의 인물들이 나를 독촉하며 이야기를 끌어내는 것 같기도 했다. 그 당시 이 이야기로 현실과 상상의 세계를 연결하지 못했더라면, 책임감과 헌신만으로 그 시기를 버텨내기 어려웠을 것이다.

하루가 다르게 성장하는 딸과 기억을 잃어가는 엄마, 그런 엄마를 곁에서 지키는 아버지를 보면서 나는 한없이 작아지기도 했다. 내가 가진 것 중 당연한 것은 없고, 언제까지나 내 것인 것도 없다는 생각이 들었다. 오늘 하루 계획대로 움직일 수 있다는 것 자체가 내게 주어진 큰 자유이자 에너지라고 여기면, 사랑하는 이에게 도움줄 수 있는 것도 한철의 특권이 된다. 나 역시도 이들에게 큰 돌봄을 받고 있고, 언젠가 받아왔다. 주체적으로 누군가를 돕고 사랑할 수 있다는 사실로 그 어느 때보다 나는 내 인생의 주인이 된다. 그래서 당분간은 좋아하는 사람들 곁에 머무르며 이야기를 남기려고 한다.

꾸준히 일상툰을 그리고 있다는 것은 늘 무언가를 이겨내고 있다는 것일지도 모른다. 일상 속에 절박함이 있다는 것이고, 사소한 것에서도 끊임없이 무언가를 발견하고자 하는 열정이 있다는 것이다. 불확실성 속에서 끝없이 닥쳐오는 문제를 풀어가는 것이 인생이라면, 나는 지금 이 순간에도 문제의 답을 찾아 방황하고 있을 인스타툰 작가들을 응원한다. 반복되는 것들의 변주는 아름답다. 성장도 그렇고 음악도 그렇고 스포츠도 그렇고, 일상을 담는 모든 툰도 그렇다.

일상툰 작가의 취미는 돌고 돌아 결국 기록하는 일이된다. 펀자이씨툰 연재 이후 중단했던 혼자만의 기록을 최근 다시 시작했다. 딸이 성장하는 모습을 지켜보며 느끼는 바를 다듬지 않고 남기는 일이 즐거웠다. 개인적인기록을 할 때는 안정감 있는 구성과 효율적인 전달을 위해 애쓰지 않으며, 악플을 피하기 위한 필터링 과정도 거치지 않는다. 감정 표현은 원초적이며 내용 구성은 무미건조하다. '무' 재미 혹은 '더' 재미로 귀결될 뿐이다.

개인 기록은 누군가에게 해석되는 것으로부터 자유로운 것이 매력이다. 짠이와 나눈 비밀 이야기, 라면 한 봉지를 파콘 몰래 끓여 먹은 후 회심의 미소를 짓다가 이내후회하는 내용 등을 상세히, 그러나 두서없이 그려 넣는다. 우쭐거리는 마음이나 울부짖는 마음, 반나절 뒤 후회할 마음, 지키지 못할 결심 등으로 채워진 손바닥만 한 종이는 0.1밀리미터 굵기의 유성펜으로 빼곡히 그려진다. 이 기록들은 결국 언젠가는 사라질 잠깐의 흔적이고, 오로지 나를 위한 즐거움이다. 마치 모래 위에 새기지만 파도가 지나가면 흔적도 없이 사라질 '사랑해'라는 글자 같은 것이다. 하지만 그렇게 사라질 것을 알면서도 사람들은 끊임없이 비눗방울을 불고 이야기를 기록하지 않는가.

일상툰 작가에게 일에서 벗어난 일상이 있을까? 생각해볼수록 그런 것은 더더욱 없는 것 같다. 나의 일과 일상 모두에 그림과 이야기가 있다. 어차피 잠깐일지언정 흔적은 남기고 사라지는 것이 인생이라면, 나는 가능한 한 사랑을 이야기하고 싶다.

작가1

내가
인스타툰 작가라니

여성 창작자. 페미니스트. 항상 연대하는 사람. 스물하나, 탈코르셋을 실천한 뒤부터 자신이 바라보는 세계가 바뀌었다. 사회에서 이기적이고 유별나다는 소리를 들을수록 내 삶이 행복해진다는 걸 알게 되었다. 이런 이야기를 듣는 우리가 이기적인 게 아니라 당당한 거고, 유별난 게 아니라 멋진 거라는 사실도. 세상 어디에나 있고 어디에도 없는 이들의 거대한 움직임을 체감한다. 이 몸짓들이 모여 만들어낼 너른 흐름에 조금이나마 보탬이 되고자 오늘도 쓰고 그린다. 우리의 빵과 장미를 위해. 『탈코일기』『B의 일기』『알싸한 기린의 세계』『엄마가 대학에 입학했다』 등을 쓰고 그렸다.

빛나는 도화지를 찾아서 ───────

어느 겨울, 나는 정들었던 카페 아르바이트를 관두었다. 정확히는 해고당했다. 해고당하기 전, 마지막 자존심으로 점주에게 한 발 선수를 쳐서 "저 그만둘게요"를 호기롭게 외치고 나오기는 했지만 말이다.

그때 점주는 내게 "자존심 세우지 마" 혹은 "그렇게 살다간 취업도 못 한다"와 같은 말을 했다. 잔인한 그 말들이 담고 있는 의미는 모두 같았다.

'고작 알바 주제에 왜 고분고분하지를 못하니?'

왜 이런 말을 들었는지 알아보려면 조금 과거로 돌아가야 한다. 처음 카페 아르바이트를 시작했던 시절의 나는 대학을 이미 졸업한 뒤였고, 같이 마감 아르바이트를

작가1: 내가 인스타툰 작가라니

하는 동료는 이제 막 대학에 입학한 사람이었다. 서로의 나이 차를 존중하며 함께 재미있게 일할 수 있었다면 좋았겠지만, 그의 눈으로 보기에 나이가 있으면서 아르바이트를 하는 내가 만만했던 건지 그는 나를 곧잘 무시하고는 했다. 지적질, 요청한 적 없는 가르침, 뒷말에 타인과의 비교까지 크고 작은 텃세가 계속되었다. 결국 참다가 그에게 따졌고, 점주를 포함한 주변 분들의 도움을 받아 우리는 같이 일하지 않게 되었다.

그러나 생각지 못했던 '진짜' 문제는 그다음에 일어났다. 점주가 요구하는 것이 점점 많아지기 시작한 것이다. 카페 오픈 시간에 급히 출근을 부탁하는 것은 물론, 원래는 두 명이 해야 할 마감 업무나 스무 평 남짓의 홀 청소를 혼자 하도록 시켰다. 심지어 업무와 상관없는 크고 작은 심부름을 시키거나 그저 아르바이트생인 나를 본인의 감정 쓰레기통으로 생각하기까지…….

여기까지는 할 만했다. 고되게 일하고 나면, 열심히 일했다는 성취감을 느끼며 퇴근할 수 있다고 스스로를 다독였다. 그러나 같은 편이라 생각했던 사람이 믿음을 배신한 순간, 그간 여기서 내가 어떻게 일해왔는지를 돌아

보게 되었다.

어느 날, 뜨거운 아메리카노를 구매한 한 손님이 "커피가 뜨겁다"며 나에게 커피를 부렸다. 그로 인해 피부가 데이는 순간, 날 보호해줄 거라 믿었던 점주는 그저 그 상황을 관망하고 있었다. 그때 나는 나를 지킬 사람은 나밖에 없다는 것을 깨달았다.

손님을 응시하자, 그 손님은 "뭐야? 뭘 봐?"라며 소리쳤다. 그제야 점주가 나섰다. 그는 손님을 진정시키고 내 뒤통수를 잡아 누르며 사과를 강요했다.

"빨리 죄송하다고 해. 그냥 넘어가면 좋은데 왜 가만히 있어?"

점주가 말한 문장은 순간 머릿속을 차갑게 식혔다. 나는 머리를 누르고 있는 점주의 손을 쳐냈고, 점주는 그런 나를 노려보았다. 이내 점주가 비웃듯이 중얼거렸다.

"계집애들이 이래서 감정적이야."

본인도 '계집'이면서 본인 얼굴에 침 뱉는 꼴이 참 볼만했다.

"저 그만둘게요."

나는 끝끝내 죄송하다는 말을 하지 않았다. 곧장 탈의

실에서 옷을 갈아입고 밖으로 나가던 찰나, 점주는 내게 훈수를 뒀다. "너 걱정해서 하는 말인데, 그러다 취업도 못 한다"라고. 나는 뒤도 돌아보지 않고 카페를 나갔다.

점주가 저주처럼 남긴 말은 그림자처럼 나를 따라다녔다. 그 말이 실제로 이뤄져서 이대로 영영 취업을 못 하면 어떡하지? 아무도 나를 고용해주지 않으면 어떡하지? 라는 걱정이 커졌다.

한편으로는 나를 감정적인 '계집'이라고 폄하한 점주에게 찬물을 부려주고 싶었다. 그딴 저주 어린 말로는 한 사람의 앞길을 막을 수 없다는 것을 보여주고 싶었다. 그간 내게 "여자는 고분고분하지 않으면 사회생활을 하기 어렵다"라고 말했던 사람들이 머릿속을 스쳐 지나갔다. 그 말을 귀에 딱지가 앉도록 들었다. 그들에게 찬물을 부리고 싶은 동시에, 현실의 불합리함과 차별에 순종하고 싶지 않았다.

이어 어떤 깨달음이 나를 강타했다.

'앞으로도 이런 일이 반복된다면 어디를 가든 적응하기 어려울 거야. 그렇다면 안 하면 돼! 나를 받아주는 곳에 가거나, 그것도 어렵다면 스스로 날카롭게 빛나면 돼!'

작가1 : 내가 인스타툰 작가라니

그리고 곰곰이 생각해보니 나는 취직보다 창작을 하고 싶었다. 사람들에게 공감과 감정을 불러일으키며 날카롭게 빛나는 콘텐츠를 만드는 창작자가 되고 싶었다.

그렇게 백수가 된 그 날 밤, 충동적으로 인스타툰 '몇 년 전 교양 강의에서 있었던 일'을 업로드했다.

이 에피소드는 대학교 교양 강의에서 '비혼, 비출산'을 주제로 발표했던 경험을 다루었다. 발표 중간에 내 발표를 방해하는 학우가 있었는데, 교수님의 도움을 받아 무사히 발표를 마친다는 내용이었다. 업로드 이후 많은 독자의 댓글이 달렸다.

"작가님 너무 사이다예요."

"안 참는 작가님 정말 좋아요!"

"작가님, 이런 썰이 있었으면 진작 업로드해주셨어야죠;;"

"진짜 재밌어요!"

"와, 진짜 공감되고 좋아요ㅜㅜ"

♡ 239

그 이후 경험을 바탕으로 그린 인스타툰을 꾸준히 올렸다. 생각한 그 이상으로 많은 사람에게 긍정적인 피드백을 얻었다. 그걸 보며 느꼈다. 어쩌면 사회에 나 같은 사람들이 많았던 거 아닐까. 뒷덜미를 잡혀 강제로 고개 숙여야 했던 사람들. 늦은 나이에 아르바이트한다는 이유로 무시받았던 사람들. 계집애라는 모욕적인 말에 반박하지도 못하고 도망치듯 자리를 떠나야 했던 사람들. 나는 독자들과 소통하며 내가 만든 콘텐츠가 불특정 다수에게 통쾌함을 선사해줄 수 있다는 것, 내 이야기로 그들의 마음에 위로를 줄 수 있다는 것, 그렇게 창작자가 될 수 있다는 것을 깨달았다.

인스타그램만 있다면 언제 어디서든 만날 수 있는 인스타툰. 그 세계에서 나는 나만의 세상을 만들었다. 그곳은 그 누구도 침범할 수 없는 온전한 나의 도화지이자 나의 공간이었다. 그 세상은 무척이나 매력적이었다.

인스타툰을 선택한 이유는 단순했다. 세상에 당장 가장 짧고 굵직한 창작물을 내보일 수 있는 수단이었기 때문이다. 그리고 독자들에게 즉각적으로 피드백과 반응을 받을 수 있다는 점이 매력적이었다. 그렇게 도전한 세계에서 기적이 일어났다. 처음으로 이천이 넘는 좋아요를 받고, 천 명이 넘는 팔로워가 생기며 내 콘텐츠의 가치를 확인받은 것이다.

그렇게 어느 순간 나는 '통쾌함'을 그리는 인스타툰 작가가 되었다. 내가 겪은 실화를 슬슬 끄집어내어 인스타툰에 맞게 조금 각색하고 그림을 그려 업로드했다. 나는 끊임없이 그렸고, 어떻게 하면 내 세계를 독자에게 잘 전달할 수 있을지 연구했다. 그리고 삼 년이 지난 지금, 나는 10만이 넘는 팔로워를 보유한 작가가 되었다.

최근 예전에 일했던 그 카페에 들렀다. 점주는 먼저 아는 척을 하자 용케 나를 기억해냈다.

"어때, 취직은 했니?"

이전의 갈등은 전혀 생각나지 않는다는 듯한 가벼운 어조였다. 나도 가벼운 어조로 대답했다.

"저 취직 안 했어요. 전업 작가예요. 여기에는 출판사 미팅 때문에 잠깐 들렀어요."

점주에게 내 근황을 알린 건 작은 앙갚음이었다. 당신의 저주와 달리 난 잘 살고 있다는 말을 하고 싶었다. 나를 인정해주는 곳에서 나만의 커리어를 쌓아가고 있다는 걸 증명하자, 점주가 신기하다는 듯 웃었다.

"잘 살고 있다니 됐네."

그게 끝이었다. 나는 아메리카노를 손에 든 채로, 뒤돌아 밖으로 나왔다. 의외로 아무렇지도 않았다. 삼 년은 점주와의 갈등을 희석하기에 충분한 시간이었던가? 그럴 수도 있었다. 확실한 건 카페 아르바이트 도중 생긴 갈등과 그때 들었던 말이 더 이상 나에게 큰 영향을 발휘하지 못한다는 것이었다.

원래 더 흥미를 끄는 주제가 나타나면 케케묵은 주제는 과거의 뒤안길로 사라지기 마련이다. 인스타툰, 내 새로운 직업이자 취미. 이제 나는 오로지 돈을 벌기 위해서 일하는 것이 아닌, 내가 좋아하는 일과 잘할 수 있는 일에 정신이 쏠려 있다.

카페에서 나와 길을 걸으며 나는 처음으로 '인스타툰 시작하길 잘했다'라고 스스로를 다독여주었다.

여기 다 그렇게 살아요

어느 순간 인지도 있는 인스타툰 작가가 되었다. 이제는 작가로서 이 일을 즐기고, 또 버텨야 했다. 인스타그램으로부터 나 자신을 지키는 방법을 끊임없이 연구하면서 말이다. 그러나 솔직히 쉽지만은 않았다. 사람들은 내가 찬란한 꽃길만 걸었으리라고 생각할 수도 있겠지만, 마냥 그렇지는 않았다. 물론 인스타툰을 처음 시작했을 때는 희망찬 하루하루를 보냈다. 내가 원하는 창작을 하면서 느긋하게 살 수 있을 것 같았다.

그러나 수시로 변하는 인스타그램 알고리즘에 따라 들쭉날쭉 줄어드는 콘텐츠 노출 수, 맥락 없는 악플, 디엠으로 오는 욕설 등등. 인스타툰 작가를 괴롭히는 요소들은 생각보다 무척이나 많았다.

　그중에서도 특히 타 작가와의 비교는 스스로를 괴롭게 했다. 인스타툰은 모두에게 활짝 열려 있는 만큼, 그 콘텐츠의 실적마저 공개된 장소에 걸려 있는 것이나 다름없었다. 나와 비슷한 시기에 인스타툰을 시작한 인기 많은 작가님과 상대적으로 그렇지 못한 나의 성적표가 수십만 명이 보는 인스타그램 세계에 게시되었다. 아무도 나에게 뭐라고 하지 않았음에도 불구하고 초조해졌다. '나는 왜 저렇게 하지 못할까?'라는 좌절감이 시시각각 나를 덮쳐왔다. 더 많은 인스타툰을 업로드하고, 콘텐츠의 질을 높이기 위해 고민하고, 그림 실력을 더 높여야 한다는 압박감에 시달렸다.

　그러나 아무리 애써도 노출 수와 반응은 높아지지 않았다. SNS로 흥한 자, SNS로 망하리라! 말 그대로 어느새 SNS가 나를 좀먹고 있었다. 좋아요 수가 계속 떨어지자 스스로를 '저물어 가고 있는 작가'라고 생각하게 되었다. 쉬는 날에도, 쉬지 않는 날에도 온종일 인스타그램을 들여다보며 작업을 이어나갔고, 많은 작업물을 버렸다. 항불안제를 먹으며 상담을 받으러 다녔고, 팔로워가 떨어진 날에는 하루종일 아무것도 먹지 못했다.

'이대로 영영 잊히는 것이 아닐까?'

나는 망가지고 있었다. 나를 살게 해준 인스타그램에 의해서 말이다.

그 시기에 다른 인스타툰 작가님들을 만날 기회가 생겼다. 나와 비슷한 일을 하고 있는 사람들이 무슨 생각을 하고 있는지, 어떻게 이 일로 먹고 사는지 궁금했다. 그렇게 만나서 대화를 나누며 깨달은 어마어마한 사실. 이 사람들, 나와 다를 바가 없다! '여기 다 그렇게 살아요', 줄여서 '여다그살'. 작가님들은 이 말을 들으며 하나같이 고개를 끄덕였다.

"노출도가 떨어지고, 좋아요 수와 팔로워도 줄어드는 게 저만 그런 줄 알았는데 아니어서 다행이에요."

한 작가님은 이렇게 말씀하시며 웃음을 터뜨리기도 했다. 우리는 각자의 고충을 털어놓고 이내 아무렇지 않다는 듯 같이 작업을 했다. 그들의 태연함에 신기한 감정을 느끼며 물었다.

"어떻게 아무렇지도 않으세요?"

그리고 충격적인 소식을 접했다. 떨어지는 노출 수는 인스타그램 업데이트로 인해 변경된 알고리즘 때문이며, 그로 인해 모든 인스타툰 작가의 콘텐츠 노출도가 떨어졌다는 것이었다. 이 중에서도 승승장구하는 인스타툰 작가님들이 있기야 하겠지만 그들은 극소수이며, 신인 작가는 아예 발을 뻗을 자리마저 없다는 매우 놀라운 이야기였다. 나는 그럼 앞으로 어떡하냐고 물었다.

어떡하긴요. 기다려야죠. 원래 알고리즘은 돌고 돌아요. 제가 인스타툰을 팔 년 했지만, 늘 이랬어요. 당연한 걸 묻는다는 듯이 웃던 작가님은 이내 본인의 작업으로 돌아가셨다. 집으로 돌아가는 길에 생각이 많아졌다. 모두가 이런 것이라면, 더 큰 문제다. 언제 알고리즘이 바뀐다는 기약도 없이 손가락 빨며 지켜보는 것밖에 할 수 없다니. 뭔가 나만이 할 수 있는 신박한 대책이 필요했다.

거기까지 생각이 미치자 나는 진한 '현타('현실자각타임'의 줄임말)'를 맞았다. 내 모습이 실적에 잡아먹힌 사람처럼 보였다. 눈에 보이는 좋아요 수에 먹혀서 내가 누리던 즐거움을 보지 못하며 나 자신을 구렁텅이로 몰아넣고 있었다. 어떻게든 성과를 얻어내야 한다고 스스로를 채찍

질하고, 벼랑 끝으로 몰아세우고 있었다. 이래선 안 되겠다는 생각이 들었다.

처음 인스타툰을 시작했던 계기를 떠올려보았다. 그건 바로 내 이야기를 재밌게 들어주는 많은 독자의 존재가 달갑기 때문이었다. 하나하나 올라가는 좋아요 수가 신기했고, 정성껏 달리는 댓글이 고마웠다. 나의 경험담이 이야기 소재가 될 수 있다는 사실이 놀라웠고, 사람들에게 통쾌함을 주는 작가라는 타이틀이 기뻤다. 나는 그대로였다. 예전보다 독자 반응이 조금 줄었어도, 여전히 작가였다.

그런데 왜 이토록 불행한 것일까? 그건 내가 어느 순간 타인과 비교를 시작했기 때문이었다. 순위 매기기를 좋아하는 나라의 국민답게 어느 순간부터 독자들의 반응을 그대로 즐기지 못하고, 내 안에서 서열을 매겨서였다.

그걸 깨닫자 시야가 밝아지는 것이 느껴졌다. 나는 늦지 않았다. 나에게는 내 콘텐츠를 즐겨 읽어주는 독자들이 남아 있었다. 소재도, 풀어낼 이야기도, 계정도, 팔로워도 있었다. 새삼 남아 있는 독자들의 존재가 무척이나 소중하게 느껴지기 시작했다.

250 ♡

작가1: 내가 인스타툰 작가라니

작가로서 처음에 목표했던 그 순간을 잊지 말자. 한 사람이라도 내 그림을 재밌게 본다면, 포기하지 말고 연재하자. 스스로 굳게 다짐했다. 이건 독자들에게 내가 해줄 수 있는 최소한의 보답이었다.

책상 정리를 시작했다. 노트북과 아이패드를 깨끗하게 닦고, 책상을 청소하고, 좋은 장비를 샀다. 공간을 분리해서 작업공간을 새로 만들고, 방을 '반딱 반딱' 하게 쓸고 닦았다. 청소를 하자 마음이 개운해졌다. 그리고 다시 시작하는 마음으로 애플 펜슬을 들고 되뇌었다.

'내가 처음 인스타툰을 시작할 때의 마음가짐으로 돌아가자. 돌아가서 새로 시작하자.'

그리고 나서 그렸던 인스타툰 '내가 아는 여자들 특징'은 하루 기준으로 좋아요 만 개를 넘는 기록을 세우진 못 했지만, 그 어느 때보다 독자들에게 그들의 진심이 느껴지는 장문의 댓글을 받았다. "통쾌한 인스타툰을 그려주셔서 감사해요" "이런 인스타툰이 필요했어요" 등등. 평소보다 많은 디엠을 받기도 했다. 기뻐서 웃음이 실실 나왔다. 이런 오롯한 기쁨은 참으로 오랜만이었다.

이제 인스타그램은 내 삶의 상당 부분에 엉덩이를 들이밀고 자리를 차지하고 있다. 방심하면 깔려 죽을 지경이었다. 하지만 나는 작가이며, 이 현실을 즐기고, 버텨야 한다. 그래도 이제는 인스타그램으로부터 나를 지키는 방법을 조금 알 것 같다.

일상툰 속 엄마가 불러온 나비효과

내 인스타툰 계정의 팔로워 수를 껑충 뛰어오르게 해 준 은인이 있다. 그건 바로 엄마, 정확히는 '늦깍이 대학생 엄마'의 존재이다.

솔직히 엄마가 내 인스타툰에 큰 영향력을 발휘할 것이라 생각하지 못했다. 그래서 엄마가 대학에 간 지 삼 년이 넘도록 그 이야기를 소재로 쓸 생각조차 하지 않았다.

그런데 어느 날, 엄마에게 이런 말을 듣게 되었다. 엄마가 자신의 간호조무사 동기를 설득해 간호대학교 지원서를 넣게 했다는 것이다. 그분과 함께 결과를 기다렸고, 합격이라는 소식을 받아 둘이 얼싸안고 기뻐했다는 이야기를 듣는데 이루 말할 수 없는 훈훈함을 느꼈다. 서로의 등을 밀어주는 일. 인류애가 차오르는 일. 그리고 '아줌마'의 유쾌한 반란. 이러한 연대의 이야기야말로 많은 여성이 알아야 할 이야기라고 생각했다.

그렇게 '대학생 엄마 툰'이 탄생했다. 두근거리는 마음으로 첫 화를 업로드했는데, 기적이 들이닥쳤다. 순식간에 팔로워 수가 5만이 늘어 10만이 넘은 것이다. 좋아요 수도 수만을 넘기며, 내 계정에서 역대급 기록을 세웠다.

엄마는 나에게 참 다채로운 사람이다. 대부분의 딸에게 엄마의 존재가 그러하듯이, 엄하면서도 다정하고, 친구 같으면서도 선을 긋기도 한다. 나는 엄마와 보냈던 시간 중 좋은 부분만 쏙쏙 뽑아 인스타툰으로 만들었다. 엄마의 신원이 특정되면 안 되니 다양하게 각색을 하면서도, 중요한 내용은 날것으로 살리기도 했다. 실화를 기반으로 하면서도 약간의 재미와 과장을 섞어 툰을 창작했다. 내가 그린 툰 안에서 엄마는 깨어 있고, 진보적이고, 다정하고, 멋진 '참 어른' 그 자체였다.

수많은 댓글이 엄마를 향한 사랑과 성원을 담고 있었다. "우리 엄마도 이랬음 좋겠다" "저도 어머님의 딸이 되고 싶어요" "작가님이 부러워요" 등등. 감히 상상도 할 수 없는 주접과 응원 댓글 수천 개가 달렸다.

그쯤 되자 덜컥 겁이 났다.

'우리 엄마가 이 정도까지 깨어 있진 않은데…….'

조금은 시대에 뒤떨어진 말도 하고, 내 등짝도 많이 때리는 평범한 중년 여성이 어쩌다 이렇게 많은 사람에게 칭송받는 어른이 되었단 말인가. 물론 우리 엄마는 대학에 가면서 많이 달라지기도 했고, 젊은 친구들과 함께 어울려 다니며 옛날 사람의 사고방식을 지우려 노력했다. 조금씩 변하기는 했지만, 아직 툰 속의 엄마만큼은 아니었다. 그런데 독자들이 바라본 우리 엄마는 거의 성인에 가까운 존재였다. 웃긴 말이지만 정말로 그랬다. 왜 이렇게 된 거지? 당황스러웠지만, 사실 정답을 알고 있었다. 작가인 내가 자초한 일이었다. 그때서야 반쯤 고뇌하며 엄마에게 내 계정과 인스타툰을 오픈했다.

그렇게 엄마가 자신이 등장하는 인스타툰의 존재를 알게 된 후, 생각지 못했던 변화가 일어났다. 독자들의 댓글을 모두 훑어본 엄마가 정말 그 툰에 나오는 호랭이 엄마처럼 변하기 시작한 것이다. 먼저 엄마는 전보다 말을

작가1: 내가 인스타툰 작가라니

작가1: 내가 인스타툰 작가라니

신중히 골라서 하기 시작했다. 타인에게 편견 어린 말을 하지 않기 위해 배움을 게을리하지 않았다. 또 중년 여성을 바라보는 사회의 편견에 맞서 싸웠다. 배움에 늦은 나이란 없다는 것을 몸소 보여주며 주변 지인들을 배움의 세계로 이끌었다. 엄마의 주변은 어느새 배우는 중년들로 북적거렸고, 그 긍정적인 에너지를 받아 엄마는 더 높고 멋진 곳으로 가기 위해 노력하는 사람이 되었다. 그런 엄마의 모습은 정말 대단했다.

엄마는 말했다.

"내 딸 인스타툰에 부끄럽지 않은 사람이 되어야지."

내가 착각했던 게 하나 있었다. 엄마는 이미 인스타툰에 등장해온 엄마만큼 멋있는 사람이었다. '우리 엄마가 이 정도까지는 아닌데……'라는 생각은 오만한 생각이었다. 엄마는 이미 준비가 되어 있는 사람이었다. 멋진 어른으로서, 참된 어머니로서, 내 인스타툰의 주역 중 한 명으로서 말이다.

엄마는 이제 내 인스타툰의 상당한 비중을 차지하는 주역이다. 자연스럽게 나는 엄마의 일과를 눈여겨보고, 전해 듣게 되었다. 그러자 현실에서 엄마와 나의 관계도 달라졌다. 친했지만 조금은 닫혀 있던 관계에서, 이제는 서로의 많은 부분을 공유하는 정말로 친한 관계가 되었다. 각자가 일을 끝낸 저녁이 오면, 우리는 꽤 오랫동안 대화를 나눈다. 누구 한 명이 윽박지르거나 성질을 부리지 않는 평온한 대화 시간이다. 나는 평화를 얻었고, 엄마를 향한 신뢰도도 쌓였다. 자연스레 긍정적인 영향을 받아 내 내면도 성장했다.

그런 대화가 이 년째 이어져 오고 있다. 나는 이제 엄마의 가치관과 일과를 잘 안다고 자부할 수 있다. 과거와 달리 일상툰 안에서의 엄마를 그리며, 현실의 엄마도 같이 그리게 되었다. 인스타툰을 그리며 가장 잘한 일이 있다면, 엄마를 주역으로 세운 일이다. 지금 나와 엄마의 모습과 우리의 관계가 정말 마음에 든다.

작가1: 내가 인스타툰 작가라니

나를 돌보기 위한 운동 연대기 ——————

전업 인스타툰 작가는 워라밸을 보장받는 매력적인 직업이지만, 몸이 녹슬고 사회성 떨어지기 딱 좋은 직업이기도 하다. 평소 스스로 외로움을 잘 타지 않는 편이라고 생각했는데, 어느 순간 운동과 사람이 필요해지는 때가 오고야 말았다.

앉아 있는데 허리가 삐걱거리고 눈이 침침해지며, 뼈마디가 쑤시고, '체력 거지'가 되었음이 느껴질 때. 그래서 진지하게 디스크를 두려워하게 되었을 때. 또 사람을 만나 오랜만에 대화를 하는데 스몰토크에 어려움을 느낄 때. 웃어야 하는 순간에 웃지 못하고 사회적인 화법에 문제가 있음을 느낄 때. 모든 사람이 MBTI 이야기를 하고

작가1: 내가 인스타툰 작가라니

있는데 그 대화에 낄 수가 없어 곤란했을 때. 그런 상황들을 마주하면 식은땀이 흘렀다. 사회생활을 하지 않는다고 좋아했는데, 마냥 좋아할 때가 아니었다.

그래서 어느 날, 큰 마음을 먹고 피티를 끊었다. 이십 회에 백만 원. 폭력적인 가격이었지만 나에게는 반드시 운동을 하고, 사람과 대화를 해야 할 필요가 있었다. 운동뿐만 아니라 일주일에 최소 세 번 헬스장에 나가 주기적으로 사람을 만난다는 사실이 중요했다.

가급적 좋은 이야기만 올리려고 노력해서 반짝반짝한 인스타툰의 세계와 다르게, 내 현실 세계는 다소 회색빛이었다. 오르고 내리는 콘텐츠 노출도에 따라 달라지는 멘털 관리도 해야 했고, 큰 움직임 없이 앉아서 작업하는 탓에 늘어진 몸도 관리해야 했다. 모든 운동을 시도하고 돌고 돌아 헬스에 정착했지만, 이 운동에 정착하기까지 제법 많은 운동을 도전했다.

제일 먼저 시도했던 운동은 수영이었다. 새벽 수영반에 들어가 수영을 배우며 물속에서 해방감을 느끼는 것도 잠시, 왕복 한 시간 거리의 수영장을 오고 가는 것에 금세 지쳐버렸다. 멀어도 너무 먼 수영장 때문에 고민하다 시간을 효율적으로 쓸 수 없겠다는 생각에 관두었다.

그다음 운동은 플라잉 요가였다. 이건 시작하자마자 환불했다. 첫 수업에 초심자를 배려하지 않은 운동 강도로 내가 얻은 건 지독한 근육통과 빠르게 진행되는 수업에 다른 수강생들에게 민폐를 끼쳤다는 죄책감뿐이었다. 가만히 공중에 떠서 명상하는 시간은 평화로웠지만, 그뿐이었다. 바로 빠르게 환불하고 다음을 기약했다.

다음 운동은 에어 번지였다. 복부와 허벅지에 안전대를 감고, 줄을 천장에 연결해 '띠용 띠용' 하며 몸을 튀어 오르게 하는 재미있는 운동이었다. 하지만 복부에 엄청난 압박감을 가져다주었고, 허벅지 안쪽도 지나치게 쓸려 붉게 달아올랐다. 생각보다 이 운동에서 재미를 찾을 수 없었고, 결국 수업 도중에 아파서 찔끔 운 뒤로 관두었다.

네 번째로 시도한 운동은 러닝이었다. 이때까지 해본 운동 중 가장 괜찮은 선택이었다. 나는 수월하게 체중 감량을 하며 '삼십 분 연속 러닝'이라는 목표를 세워 성취감을 얻어냈다. 그러나 스스로 세운 목표를 이루자 금방 흥미를 잃었다. '러너스하이'라고, 달리면서 쾌감에 가까운 행복을 느끼기도 한다는데, 나는 뛰는 행위에서 재미를 얻지 못했다. 결국 무리하게 러닝을 시도하다 빙판길에 미끄러져 인대가 늘어나는 부상을 입었다. 이번 겨울만 지나가면 다시 시작하자고 생각했지만, 그런 일은 일어나지 않았다.

마지막 최후의 수단으로 시작한 운동이 바로 헬스, 즉 피티였다. 트레이너 선생님은 내 의지박약을 알아보셨는지 운동할 때마다 입이 닳도록 "회원님은 운동에 소질이 있으셔요" "회원님은 자세에 재능이 있으셔요" "회원님은 헬스를 너무 잘하셔요"라며 내 의지와 자세에 대해 무한 칭찬을 해주셨다.

잘 맞는 운동을 찾는다고 운동 뺑뺑이를 도느라 지치고 지쳤던 나에게는 가뭄의 단비 같은 칭찬이었다. 내가 그렇게 잘한다고? 절로 흥미가 생겼다. 헬스트레이너 선생님과 잡담을 주고받으며 하는 운동은 정말 재미있었다.

그렇게 어느새 일 년 동안 피티를 받았다. 내 운동 실력이 날이 갈수록 느는 것이 느껴졌다. 눈에도 보였다. 예전엔 들 수 없었던 무게의 기구를 들고, 누군가의 지시 없이 스스로 호흡을 조절하고, 운동하는 동안에는 잡념도

들지 않았다. 거울에 비친 내 모습을 보면 뿌듯함까지 느껴졌다. 헬스가 천직처럼 느껴지며 하길 잘했다는 생각이 들었다. 나는 운동하기 전보다 튼튼해졌고, 헬스장 사람들과 친목을 다지며 사회성이 길러졌으며, 무엇보다 자신감이 생겼다. 운동을 통해 내 몸과 마음 둘 다 건강해진 것이 느껴졌다.

지금 피티를 끊었던 그때로 돌아간다면 이십 회에 백만 원, 이 가격을 망설임 없이 지불할 것이다. 전업 인스타툰 작가에게는 부족한 사회성과 체력이라는 두 마리 토끼를 동시에 잡게 해주니까 말이다. 그렇게 나는 전업 작가로 살아갈 수 있도록 만드는 원동력을 (돈으로) 얻었다.

작가1: 내가 인스타툰 작가라니

작가1: 내가 인스타툰 작가라니

작가1: 내가 인스타툰 작가라니

나와 기린 사이에서 ————

인스타툰 속의 '나', 즉 '기린'은 유쾌한 캐릭터다. 재치 있게 갈등을 매듭짓고, 사랑을 베풀 줄 알고, 많은 사람의 환호를 받으며 인생 철학을 보여준다. 작가인 내가 봐도 기린은 호감형 캐릭터이다. 어려움에 빠진 약자를 모른 척하지 않고 여성 연대에 앞장서며, 통찰력 있는 말을 숨 쉬듯 내뱉는다. 그런 기린을 보고 있으면 나도 그에 동화된 듯한 착각에 빠진다.

그러나 기린을 그리는 과정은 어려움 그 자체다. 기린이 재치 있는 한마디를 내뱉기 위해 나는 수십 번을 생각하고 수정을 거듭한다. 많은 독자는 인스타툰 속 기린의 언행을 보고 "어떻게 작가님은 그렇게 말을 시원하게

　　　　　작가1: 내가 인스타툰 작가라니

잘하세요?"라고 댓글을 달아주지만, 과연 그림 속 상황이 현실로 닥쳐왔을 때, 과연 내가 '기린처럼' 말을 통쾌하게 술술 잘할 수 있을까?

모순은 거기서 시작되었다. 전업 인스타툰 작가로 일하며, 나는 수없이 많은 불안에 시달렸다. 불안약을 먹었고, 스트레스성 위염이 도져 치료를 받기도 했다. 거기까지는 괜찮았다. 작가인 '나'는 불안해도 괜찮다고 생각했다. 작가는 사람이고, 한낱 개인에 불과하니까. 그러나 인스타툰 속의 캐릭터 '기린'은 조금 달랐다. '기린'은 모두가 보는 캐릭터였다. 그러니 '기린'은 언제나 초연하고 유쾌한 모습만을 보여주어야 했다. 설사 그가 불안하고 위태롭다 하더라도 절대 티낼 수 없었다.

그래서 나는 다음과 같은 원칙을 정했다.

하나. 작가의 깊은 우울을 캐릭터에게 전염시키지 않을 것.
둘. 독자들에게 내 현실을 하소연하지 않을 것.
셋. 독자들을 불안하게 만들지 않을 것.

본래의 나는 불안해하고, 우울해하고, 하소연도 원하

는 사람이다. 하지만 스스로 세운 세 가지 원칙을 지키기 위해 고군분투했다. 그래서 어느 순간부터 '나'와 '기린'을 분리해서 생각해야 한다고 느꼈다. 기린은 나인 동시에 내가 아니다. 기린은 캐릭터이며, 이미지고, 긍정적인 모습을 보여주기 위한 일상 만화 속 주인공이다. 화면 뒤에 숨은 나와는 전혀 다른 존재다.

일상툰 작가는 자신의 일상을 노출할 수밖에 없다. 그런데 '내가 보여주는 게 정말 나의 순수한 일상이 맞는가?'라는 의문이 항상 따라다녔다. 그래서 모순을 느꼈다. 독자들에게 좋은 반응을 얻기 위한 모습을 보여주기 위해 초고를 각색하다가, '정말 이게 내 일상인가?' 싶어서 원고를 휴지통에 버리기도 했다. 독자들은 작가인 나를 '기린'으로 인식하지만, 나는 '기린'을 그저 나의 캐릭터로 인식한다. 여기서부터 괴리가 생겨났다.

일상(본래의 나)과 내 본업인 일(기린) 사이에서 진실성을 두고 괴리가 일어난 것이다. 나는 그 누구보다 진솔하고 싶은데, 그러지 못한 날들이 이어졌다. 계책을 고민하다 지인에게 고민을 털어놓았다. 그러자 지인은 멀뚱멀

뚱한 표정으로 나를 쳐다보며 말했다.

"그게 왜? 내가 독자라면 냉정하게 내가 팔로우하는 작가의 우울한 모습은 궁금해하지 않을 거야. 네가 하는 고민이 왜 고민인지 모르겠어. 너는 정말 백 퍼센트 솔직한 모습을 공개하길 원해? 조금은 연막을 치는 편이, 너를 위해서도 좋지 않을까?"

그 말을 듣자 생각의 전환이 찾아왔다.

'맞아. 이게 뭐가 문제지? 내가 독자들에게 보여주고 싶은 모습만을 보여주는 게 뭐가 나빠?'

내가 거짓을 잔뜩 꾸며내는 것도 아니고, 범죄를 저지르는 것은 더욱이 아니다. 다만 작가인 나의 밝지 않은 부분을 슬쩍 감추는 것일 뿐이다.

'기린'의 창조주인 내 정신 건강을 위해서도 어느 정도의 가림막은 필요했다. 어떤 독자들은 나의 솔직하고 진솔한 모습을 원하겠지만, 어떤 독자들은 그렇지 않을 것이다. 너무 내밀한 이야기를 한탄하듯 털어놓으면 그것에 지쳐 떨어지는 독자들도 분명 존재할 것이다. 거기까지 생각하자 여태 불안했던 마음이 편안해졌다.

작가1: 내가 인스타툰 작가라니

이러한 고민들은 캐릭터 '기린'을 보는 나 자신을 조금 더 성숙하게 변하도록 해주었다. 동시에 캐릭터에 대한 애정도가 더 커지는 것을 느꼈다.

그 이후로 나는 한결 가뿐한 마음으로 현실과 인스타툰을 구분했고, 더는 나와 기린의 관계를 부담스럽게 생각하지 않았다. 작가인 나는 기린을 진정으로 사랑하게 되었다.

이제 기린은 나를 대변하는 캐릭터일 뿐만 아니라 나를 지켜주는 가림막이자 든든한 표현의 창구다. 그렇게 오늘도 나는 깨끗이 머리를 비우고, 다시 펜을 든다.

생산적인 사람이 되고 싶어 ⎯⎯⎯⎯⎯⎯

'팔이피플'이라는 단어를 들어보셨는지. 이는 인스타그램 공동구매(이하 '공구')를 하는 인플루언서를 의미하는 단어이다. 인스타그램으로 처음 광고를 진행했을 때는 스스로 정신 승리를 했다. 나는 공구를 한 번도 한 적이 없고, 모두 일회성 홍보였으므로 팔이피플이 아니다, 팔이피플이 아니다, 라고 되뇌며 나 자신을 세뇌했다.

지금은 이제 내가 팔이피플이라는 것을 담담히 수긍할 수 있게 되었다. 공구를 하는 사람이 팔이피플인가? 광고나 공구나 독자들이 보기엔 거기서 거기일 것이다. 심지어 나는 삼 년 동안 백 회가 넘는 광고를 진행했다. 초역대급 팔이피플인 셈이었다.

그래도 그림을 그릴 때와 마찬가지로, 광고를 진행할 때도 스스로 기준을 세워 엄격하게 지키고 있다. 광고를 진행하기 전 협업할 제품을 꼼꼼하게 살펴보고, 연락이 온 업체 몰래 상품을 구매해서 한 달 정도의 실사용 기간을 거친 다음, 다른 사용자들의 후기를 꼼꼼하게 살펴보고, 지인들에게 뿌려 상품을 검수한다. 하지만 이러한 조건을 충족하지 못하는 제품들의 협업을 거절하고 있다 해서 내가 팔로워 수로 제품 홍보를 진행했다는 사실은 변하지 않는다.

내 계정은 거대한 이야기 보따리이자 전광판이다. 많은 협업 제의와 기회가 찾아온다. 그래서 광고주들과 협업할 때는 두 가지 원칙을 세웠다. 그것은 바로 예의와 마감기한을 지키는 것이다. 그리고 광고주와 약속을 지키는 것보다 훨씬 더 신경 쓰는 부분은 내 인스타툰을 보는 팔로워들이 실망하지 않도록 하는 것이었다. 그래서 진실성과 할인 혜택, 이 두 가지 원칙은 철저하게 지켜내고 있다. 절대 독자들을 기만하지 않고 거짓으로 상품을 전시하지 않는 것과 효과를 부풀리지 않을 것. 이것은 당연하다고 생각했다. 덕분에 단골 광고주가 생겼고, 팔로워들의 높은 구매율을 얻었다.

그렇게 모두가 오래오래 행복하게 살았습니다…… 라고 끝나면 좋겠지만, 아쉽게도 독자들에게 좋은 반응만 있었던 건 절대 아니었다.

독자에게 믿음을 준 작가는 신임을 지켜야 한다. 그렇게 믿음을 주었던 작가가 자신의 팔로워들에게 제품을 홍보한다는 사실에 분노한 독자들도 꽤 많았다. 내가 제품을 얼마나 까다롭게 선정하든, 팔로워들은 그 사실을 알 수가 없다. 어쩌면 당연한 반응이었다.

"작가님, 광고쟁이가 다 되셨네요?"
"광고툰 수를 줄이는 게 어떨까요? 보기 싫어요. 그러니까 광고는 한 달에 한 번 정도…….."
"작가님, 정말 제품 사용해보신 거 맞아요?"
"작가님, 실망이에요. 수익 쏠쏠하세요?"

그래서 디엠으로 이러한 메시지가 와도 동요하지 않았다. 떠나갈 사람은 떠나가고, 남을 사람들은 남으리라

♡ 283

생각하며 이는 어쩔 수 없는 현상이라 여겼다.

　그러던 어느 날, 새벽에 눈이 떠졌다. 복잡미묘한 감정이 느껴졌다. 나도 순도 백 퍼센트 재밌는 일상툰으로만 피드를 꽉 채우고 싶었다. 광고를 올리며 독자들의 눈치를 보는 일도 죄스러웠다. 이런 불편한 마음에도 불구하고, 나는 내 아픈 노견의 사룟값을 벌어야 했다.

　인스타툰을 인스타그램에 게시하는 일은 너무나 보람차지만, 이 콘텐츠들은 전부 무료다. 조회수로 수익을 얻는 유튜브와 다르게 인스타그램은 그 어떤 보너스도 없다. 조회수 천만이 넘는 콘텐츠를 만들었을 때도 내 지갑은 홀쭉했다. 비록 가슴은 뿌듯함으로 부풀어 올랐지만 나는 여전히 빈곤했다. 인스타툰 연재 이후, 종합 조회수가 수천만이 넘은 작가가 되었지만, 인스타그램 플랫폼을 통해 단 1원도 벌지 못했다.

　어느 날, "작가님은 광고 안 해서 좋아요"라는 댓글을 보고 생각이 많아졌다. 이 분을 실망시키고 싶지 않다는 마음과 내 콘텐츠를 수익화하고 싶다는 마음이 서로 쥐어뜯고 싸웠다.

작가1: 내가 인스타툰 작가라니

난 생산적인 사람이 되고 싶었다. 가족들에게 근사한 물건을 선물하고, 반려견에게 좋은 사료를 사주고 싶었다. 고민 끝에 결국 그 시기에 받았던 광고 협업 제안을 승낙했다. 쾅쾅거리는 심장을 진정시키며 처음으로 광고툰을 업로드했고, 광고를 하지 않아 좋다는 댓글을 달았던 독자는 날 언팔했다. 씁쓸했지만, 그 일덕분에 처음으로 내 그림에 대한 대가를 받았다. 기뻤지만, 마음 놓고 좋아할 수도 없었다.

이러지도 저러지도 못한 채 고민에 빠져 있던 찰나였다. 놀라운 일이 벌어졌다. 광고를 보고 물건을 구매한 독자들의 긍정적인 후기가 디엠으로 잔뜩 온 것이다!

"작가님 소개를 통해 제품 구매했어요! 엄청 좋아요~"
"작가님 덕분에 맛있는 거 먹네요ㅎㅎ"
"작가님이 소개하는 제품은 믿고 삽니다."

긍정적인 반응들을 처음 접했을 때는 심경이 복잡했다. 마냥 기뻐하기 전에 다른 의미로 심장이 쿵쿵 뛰었다. 내가 감히 이런 반응을 받아도 될까? 감히 안도해도 되는

♡ 287   작가1: 내가 인스타툰 작가라니

걸까? 라는 생각이 먼저 들었다.

　이 문제는 아직까지도 명쾌한 답을 내리지 못했다. 하지만 적어도 스스로를 절벽으로 밀지는 않기로 했다. 나 자신을 탓하고 문책하지 않기로 했다. 나에게는 그림을 계속 그리기 위한 합법적이고 정당한 창작의 대가가 필요하다. 그리고 대가를 받고 독자들에게 응원을 받은 순간, 굉장히 행복했음을 부정하지 않기로 했다.

　예술인은 가난하다. 이 말을 쉽게 부정할 수는 없다. 나는 나만의 방식으로 그 말에서 벗어나기로 했다. 상업미술을 하니 나름대로 방법을 찾으면서 생계를 유지할 수 있게 되었다. 예술인은 가난하다는 선입견 밖으로 훌쩍 뛰어나갈 수도 있었다. 누군가는 나를 팔이피플이라 말하겠지만, 인스타툰 작가가 돈을 벌려면 광고밖에는 답이 없으므로, 나는 뛰어나가길 선택했다.

　광고툰을 계속하기로 결심하고 하니 생각해야 할 지점이 많았다. 작업 단가는 얼마로 잡아야 하는가? 광고는 며칠에 한 번 올려야 적당한가? 나의 바람과 광고주들의 예산 그리고 독자들의 수요를 계산해야 했다. 나는 알고 지내던 작가님에게 조심스레 연락을 드렸다.

"안녕하세요. 다름이 아니라 제가 정말 좋은 기회로 광고 협업 제안을 받았는데, 염치 불고하고 혹시 초반에 광고 단가를 얼마 받으셨는지 대략적으로나마 알려주실 수 있을까요? 제가 함부로 단가를 부르자니 업계 생태계를 파괴할까 봐 걱정이 되네요……."

조심스레 연락한 것에 비해 답장은 빠르게 왔다. 나는 그 작가님께 얻은 정보를 바탕으로, 많은 시행착오를 거쳐 내 계정에서 올리는 광고의 단가와 주기를 정했다. 광고툰을 올리는 주기는 일주일에 한 번. 그리고 광고툰 업로드 사이에 일상툰을 꼭 3~4회는 넣기로 했다. 이것이 독자들이 내 인스타툰을 너그럽게 봐주는 한계선이었으니까. 그리고 단가는 업계 최저 단가에서 n만 원 이상으로 잡았다. 나는 팔로워 수가 어느 정도 있는 인스타툰 작가이므로, 함부로 단가를 낮게 불러서도 안 된다고 생각했다.

그러던 어느 날, 띠링! 메일이 왔다. 한 광고주가 인스타툰 작가들에게 작업 단가를 묻는 단체 메일을 돌린 것이었다. 받는 이에는 익숙한 인스타툰 작가님들의 이름도 보였다. 메일을 읽고 답장을 작성하고 있는데, 얼마 지나지 않아 띠링! 또 메일 알람이 울렸다.

맙소사, 한 인스타툰 작가님이 '일반 답장'이 아닌 '전체 답장'으로 회신해버리고 만 것이다. 그 때문에 메일에는 그분이 광고주에게 보낸 견적서가 그대로 첨부되어 있었다. 모니터 화면에 멋모르고 클릭한 그 작가님의 단가표가 커다랗게 떠 있었다. 순간 당황했던 나는, 단가표를 보고 더 당황했다.

그 단가표에 적힌 금액은 업계 최저선이었다. 서둘러 창을 닫았다. 보면 안 될 것을 본 느낌이었다. 동시에 이런 생각이 들었다.

'왜 인기 있는 작가님이 업계 최저선 금액을 받으시지? 그럼 그분보다 팔로워가 낮은 분들은 아예 최저 금액조차 못 받는 사태가 일어날 수도 있을 텐데?'

혼란스러웠지만 그것이 그분의 협업 방식인가 보다, 하고 넘겼다.

그러다 슬그머니 나 역시 단가를 내려야 하는 게 아

닌가라는 고민에 휩싸였다. 그간 많은 작가님과 이야기 나눈 바로는 내가 결코 비싼 단가를 받고 있는 것은 아니었다. 그저 소소하고 무난한, 평균 단가 정도였다. 그럼에도 내 작업 단가를 내려서 경쟁력을 높일 것인가, 단가를 유지하며 기존 방식 그대로 밀고 나갈 것인가, 고민이 이어졌다. 나는 광고 협업을 꾸준하게 하는 작가고, 이런 내가 광고 단가를 훅 내려버리면 인스타툰 광고 시장에 조금은 영향을 미칠 수도 있었으니까.

고민 끝에 나는 단가를 내리지 않았다. 예상했던 대로 많은 광고주가 나에게 단가를 물어보고 사라졌지만, 후회하지 않았다. 지금 당장 눈앞의 수익을 위해 시장 전체에 영향을 미칠 가능성이 있는 결정을 내릴 수는 없었다. 그러면 언젠가 나도 죽을 수도 있으니까. 그리고 함부로 내 그림의 가치를 낮추고 싶지도 않았다.

걱정한 만큼 큰 변화가 일어나지는 않았다. 당장은 힘든 시기를 보낼 것이라 여겼던 예상과는 달리, 정말 제품에 자신 있고 내가 그린 광고툰의 힘이 필요해서 상대적으로 단가가 비싼 내 계정에서도 홍보하고자 하는 광고주들이 많아진 것이다. 비록 광고의 수는 줄었지만, 광고

작가1: 내가 인스타툰 작가라니

하는 제품의 질이 올라가 구매율이 높아졌다. 광고의 주기가 길어지며 독님들의 광고에 대한 피로도도 적어졌다.

'어? 생각한 것보다 괜찮은데?'

그 덕에 내가 이 일을 언제까지 할 수 있을지는 모르겠지만, 쉽게 타협하지 않으며 살 수 있겠다는 확신이 들었다. 스스로 새로운 기회를 만들어낸 것 같아서 기분이 나쁘지 않았다. 팔로워 수가 꽤 많은 계정을 가지고, 이를 거대한 전광판으로 쓸 수 있다면 이를 기회로 생산적인 사람이 될 수 있겠다는 생각이 들었다.

"꾸준한 연재에 큰 도움을 주는 광고를 너그럽게 봐주셔서 감사합니다. 내일 새로운 툰으로 만나요!"

광고툰을 업로드할 때마다 항상 함께 올리는 글이다. 복사와 붙여넣기로 이전 글에서 가져와 적는 것이 아니라, 매번 새롭게 타이핑 한다. 부디 이번 광고툰도 너그럽게 봐주시기를, 그렇게 내가 오래오래 이야기를 그릴 수 있기를 기원하면서 감사함과 긴장감을 꾹꾹 담아 한 자 한 자 쓴다.

이제는 레드오션이 된 인스타툰의 세계. 밤하늘의 별

처럼 인스타툰 작가의 수는 무척이나 많지만, 나는 오늘도 떨리는 마음을 부여잡으며 조심스럽게 바란다. 내가 부디 독자들에게 인상 깊은 작가이기를, 나만의 방식으로 이 세계에서 자리 잡을 수 있기를 말이다.

작가1: 내가 인스타툰 작가라니

나가며

　책에 실릴 글을 쓰며 홀로 만화를 그리던 지난 십 년을 돌아봤습니다. 그간의 분투를 짚어보며 제가 이 일을 얼마나 좋아하고, 잘하고 싶어 하는지 다시 깨달았지요. 불안한 삶에서도 시절마다 깨닫는 것과 요령이 생겨나듯, 다행히 만화 그리는 일도 시절을 잘 통과하며 배우는 것이 늘어갑니다.

　종종 어둠이 짙게 내린 밤에 혼자 작업하고 있다 보면 창밖 멀리 불 켜진 다른 창이 눈에 들어오는데요. 누군가도 나와 같은 밤을 보내고 있다는 감각이 위로가 되어줍니다. 홀로 작업하는 시간은 외로움과 닮았으나, 쓰고 그린 만화가 허공이 아닌 수취인에게 닿는다고 생각하면 외로움이 덜어지곤 합니다. 마치 어느 날의 불 켜진 창처럼요. 앞으로도 그 창을 닮은, 묵묵히 안부를 건네는 만화를 띄우고 싶습니다.

김그래

글을 다 쓰고 나니, 삶의 조각들을 잘 다림질해 옷장에 걸어둔 기분입니다. 에세이툰을 어떻게 시작하게 되었는지, 주인공 무명은 어떻게 탄생하게 되었는지, 작가로서 자아와 통장을 채우기 위해 어떤 노력을 했는지, 작업은 어떻게 하는지, 독자와의 만남은 어땠는지, 일상 속 내 모습과 생각은 어떤지……. 한눈에 보이니 왜인지 후련합니다.

일상은 말 그대로 일상인지라 별 의식 없이 살게 되는데, 이번 작업을 통해 일상 속 저를 면밀하게 관찰하고 기록했습니다. 이 과정에서 저는 저와 조금 더 친해진 기분이 들었습니다. 더불어 흐릿하게 기억하고 있던 '독자와의 만남'을 기록함으로써 잊히지 않는 기쁨이 생긴 듯하여 흡족합니다.

♡ 295

작가가 된 이후, 저의 가장 큰 행복은 독자에게서 옵니다. 그들의 공감과 위로가 저에게는 바꿀 수 없는 행복입니다. 어떻게 해도 그만큼 커다란 행복을 돌려드리지는 못하겠지만, 제 작업물들이 그들에게도 작은 즐거움이 되기를 바랍니다. 이 책도 즐겁게 읽으셨기를. 힘이 닿을 때까지 쓰고 그릴 테니, 힘이 들면 이리로 와 잠시 쉬시길. 쉼터가 되는 영광을 오래 누릴 수 있기를 감히 바라며. 우렁찬 감사와 사랑을 보냅니다.

쑥

저의 바람만큼 이 글을 즐겁고 재미있게, 간직하고 싶을 만큼 인상 깊게 보셨나요? 여러분이 글을 읽으며 평화로운 기분을 느끼셨기를, 조금이나마 일상 속 충만함을 느끼셨기를 바랍니다. 그리고 기꺼이 이 책을 선택해주셔서 감사하다는 말씀을 드리고 싶습니다.

날씨가 서늘해지고, 이젠 겉옷을 걸치지 않으면 추운 계절이 도래했습니다. 언제나 건강하고, 행복하고, 친절한 사람들이 주위에 가득한 삶을 보내시길 바랍니다. 오늘도 여러분의 하루가 만족스럽기를 바라며.

작가1

혼자가 아니라는 기분에 그 어떤 작업을 할 때보다 든든했습니다. 지난 육 년간 인스타툰을 연재하며 느꼈던 저만의 고민과 감상을 털어놓았는데, 서로의 글을 처음 나눠 읽었을 때 마음을 반사당하는 기분을 느끼며 웃었어요. 다들 그림인 척하고 있었지만, 인간이었던 것입니다.

작업 초기에 다들 우왕좌왕하고 있을 때 일목요연하게 소제목 목록을 만들어주신 카리스마 쑥 님, 잿빛이 가진 다양한 얼굴들을 살려내며 묵묵히 주어진 일상의 무게를 지고 걷는 다정한 김그래 님 그리고 명쾌하게 상황을 묘사하며 웃음과 후련함을 안겨주신 사랑스러운 작가1 님, 함께 작업할 수 있어서 즐거웠습니다.

우리 내성적인 작가들보다 한결 더 내성적이어서 첫 미팅 후 소멸되어버리는 것이 아닐까 우려되었던 전지영 편집자님의 첫인상도 기억에 남습니다. 미팅 때 건네주신 빨간 장미 한 송이는 수줍음 뒤에 숨겨둔 열정을 표현

♡ 297

하신 것이었지요? 편집자님의 부드럽고 조심스러운 말들 속에서 애정과 존중을 배웠습니다. 책으로 맺어진 우리의 인연이 오래 이어지기를 바랍니다.

　마지막으로, 창작하는 동료들과 나누었던 소탈한 고백들이 어딘가에서 당신과 반갑게 만났기를 바랍니다.

편자이씨

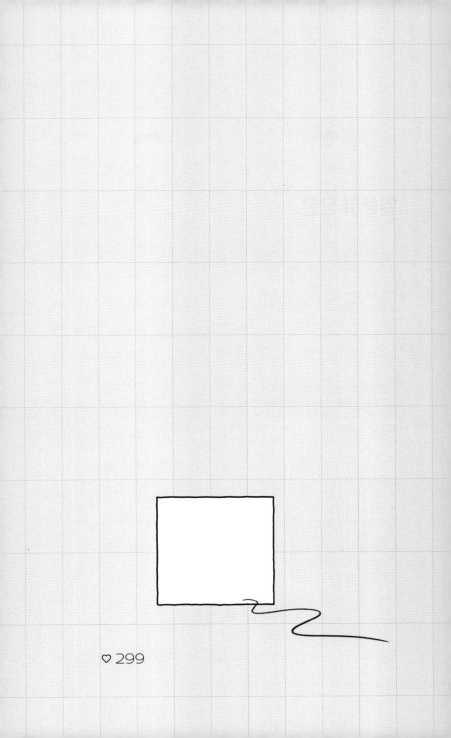

♡ 299

일상이 장르

ⓒ 김그래·쑥·작가1·편자이씨, 2024

초판 1쇄 인쇄일 2024년 10월 15일
초판 1쇄 발행일 2024년 10월 31일

지은이   김그래 쑥 작가1 편자이씨
펴낸이   정은영
편집   전지영 전유진
디자인   이도이
마케팅   최금순 이언영 연병선 송의정 성채영
제작   홍동근

펴낸곳   ㈜자음과모음
출판등록   2001년 11월 28일 제2001-000259호
주소   10881 경기도 파주시 회동길 325-20
전화   편집부 (02)324-2347, 경영지원부 (02)325-6047
팩스   편집부 (02)324-2348, 경영지원부 (02)2648-1311
이메일   munhak@jamobook.com

ISBN 978-89-544-5169-7 (03810)